MW01639689

FOLIO POLICIER

Jean Amila

La lune d'Omaha

Gallimard

Jean Amila, né en 1910 et mort en 1995, commence par écrire sous son vrai nom, Jean Meckert, plusieurs romans dont *Les coups*, qui paraissent aux Éditions Gallimard. À la demande de Marcel Duhamel, alors directeur de la Série Noire, il se tourne vers cette collection et change de nom pour signer des romans policiers, dont *Motus !* (1953), *Sans attendre Godot* (1956), *Noces de soufre* (1964), ou encore *Le pigeon du Faubourg* (1981).

Écrivain autodidacte, dont le père fut fusillé pour l'exemple à la suite des mutineries de 1917 (lire *Le Boucher des Hurlus*), il restera marqué par cette tragédie et décrit sans idéalisme ni manichéisme les gens modestes, les faits sociaux. Il choisit des héros ordinaires dont il décrit la vie quotidienne et la révolte contre une société qui refuse le rêve, humilie et impose le chômage. Il aura parallèlement travaillé pour le cinéma comme adaptateur et dialoguiste. Didier Daeninckx lui a rendu un hommage appuyé dans un roman de la Série du Poulpe nommé *Nazis dans le métro*.

Amila, dans « Révolution » n° 245, a dit en 1984 : « Écrire, c'est revendiquer une place pour l'homme dans l'univers, c'est revenir sur l'histoire pour l'éclairer et lui donner un sens. Moi je suis une étincelle. »

I

On ne voyait rien que le ciel bas, sauf quand la barque piquait du nez ; alors on distinguait la plage lointaine en rideau grisâtre. La France !

On entendait le chuintement de la houle et les coups de grosse caisse des paquets de mer qui prévenaient chaque fois avant le déluge d'embruns. Le fond de l'embarcation était déjà envahi par une couche de vingt à trente centimètres d'eau en mouvement continuel, de bâbord à tribord, d'avant à l'arrière, glougloutant sinistrement dans les caillebotis.

Sifflement crachoteur des pompes impuissantes. Des hommes avaient enlevé leur casque et écopaient. On avait par instants l'impression que le L.C.A. coulerait avant d'atteindre la plage. Matériel conçu pour vivre durant trois mille mètres… Mais peut-être les ingénieurs s'étaient-ils trompés d'un bon kilomètre ?

La première vague était partie depuis trente minutes. On entendait le vacarme des casemates et des canons des quelques chars déjà débarqués.

Le crépitement des rares armes d'infanterie était apporté par des bourrasques, mais tout cela paraissait dérisoire à côté du bombardement intense qui avait précédé l'heure H.

Hutchins avait résisté jusque-là au mal de mer, mais la nausée fut plus forte que lui. Il sortit son petit sac de papier brun. À côté de lui, verdâtres et tremblants, Brown et Bancroft se levèrent, tandis que le sergent Reilly se retournait.

Ils étaient plus chargés que les baudets tunisiens, que les anciens de la compagnie avaient croisés dans la campagne d'Afrique. L'uniforme à grandes poches avec le masque à gaz, les grenades, les six rations K en bandoulière, les munitions pour mitrailleuse, les fusées au T.N.T. pour faire sauter les barbelés ; ils étaient paralysés par le froid et la peur.

Brown regardait vers la France, et la France fumait. Les larges volutes rousses des destructions, les petits filets noirs qui grimpaient verticalement et changeaient tous de cap à la même altitude, indiquant probablement les chars de la première vague touchés à mort.

À perte de vue dans la grisaille on pouvait voir l'assaut de la flotte d'invasion ; mais au ras des vagues cela perdait toute grandeur. Chacun pour soi, dans la morne résignation du troupeau de bêtes qu'on conduit à l'abattoir.

Affalé sur un banc, Hutchins tenta de se relever pour balancer son petit sac brun à la mer. Il manqua son coup, et le sac vint s'écraser contre les tôles, en glaires dégoulinantes et nauséabondes. D'un même mouvement, Brown et Bancroft se penchèrent par-dessus bord, vomissant tripes et boyaux.

Le sergent Reilly plissa ses yeux porcins frangés de blond, s'approcha d'Hutchins, aussi gueulard que dans une cour de caserne :

— Bougre de salaud ! Peux pas faire attention ?

— Oui, sergent ! fit docilement Hutchins.

Il n'avait plus qu'une envie : arriver sur la plage, même sous le feu de l'ennemi, même a portée d'une casemate, il serait plus en sécurité que dans c'te bon Dieu de barque qui enfonçait lentement mais sûrement dans c'te putain de flotte glacée.

Un groupe de Mosquito passa au ras des flots dans un grondement rageur. Hutchins les suivit un instant du regard, vers la côte. Puis il perçut l'explosion par en dessous, dans les vibrations des tôles de tout le petit bâtiment.

Presque aussitôt, les appels et les cris des gars qui se trouvaient à tribord le firent se redresser.

Toute la seconde vague d'infanterie s'approchait de la côte, sur des centaines de barges. La plus proche d'eux venait d'être touchée par un coup au but, à moins qu'elle n'eût heurté une mine. Il n'y avait plus à sa place qu'un nuage d'eau et de débris divers qui retombaient à des dizaines de mètres, formant comme un curieux cercle d'un blanc argenté au milieu de la mer grise. Quant au L.C.A. 510, il n'en restait plus rien… Compagnie C. Troisième section !

Le lieutenant Cairn regardait fréquemment sa montre. Lui aussi portait le barda, comme les hommes. Il était pâle et ne parlait à personne ; nouvel officier qui n'avait rejoint la compagnie qu'au camp de Dartmoor.

Hutchins constata que vomir lui avait fait du bien. Il aurait voulu donner le bon tuyau aux copains ; mais Brown et Bancroft étaient maintenant complètements éteints.

Le diesel cognait, inégal, emballant parfois dans le creux des vagues. Hutchins pensa à Gela, malgré lui.

Pas une fille, Gela. Lieu de son premier débarquement, en Sicile.

Déjà on avait balancé ceux du « Grand Un Rouge » à la pointe du combat. Comme à Salerne. Comme ici même. Division des durs à cuire, des coriaces, des vétérans à grande gueule… Vraiment, personne, nulle part, ne pourrait gagner une de leurs foutues guerres sans le « Grand Un Rouge ! » Râle, mais crève !

L'infanterie ! Reine des batailles ! La première division d'infanterie des U.S.A. ! L'avantage d'avoir le « Un » rouge sur l'épaule, la plus impressionnante liste des morts.

Des quinze copains qui avaient fait le Piège à rats et la cote 609, en Tunisie, qui s'étaient soûlé la gueule à mort et qui avaient déculotté les gars de l'Intendance à Oran, il ne restait plus que quatre vétérans, dont l'increvable sergent Reilly et

George Hutchins qui avait le visage et les nerfs d'un vieux boxeur fatigué. À vingt-trois ans !

Les lèvres étaient humectées d'eau salée, tout le corps était trempé, mais le froid venait surtout par les pieds.

L'embarcation paraissait de plus en plus lourde à la vague. Visiblement, on enfonçait. Cette fois, l'ordre vint du lieutenant Cairn. Tous les hommes engoncés dans leur barda et leur ceinture de sauvetage se décoiffèrent pour puiser l'eau avec le casque et la rejeter par-dessus bord.

Ce travail idiot faisait du bien et empêchait de penser. Puis tout d'un coup, il y eut comme une série de coups de marteau rapides dans les tôles et tous les hommes comprirent qu'au-delà des paquets de mer et de la perspective de se noyer, il y avait encore l'ennemi à affronter sur la plage. Une mitrailleuse lourde tirait sur eux.

À l'entraînement en Angleterre, chacun avait appris ce qu'il avait à faire. Le groupe d'assaut Cairn débarquait un mortier, six hommes du génie farcis de torpilles Bengalore et le peloton de douze fusiliers du sergent Reilly.

En principe, le feu sur la plage devait déjà être annihilé par les tanks amphibies et la première vague d'infanterie. Mais plus on approchait, plus il devenait certain que, sur la plage, ça tournait au désastre.

L'un après l'autre, les hommes avaient rajusté la gamelle d'acier sur la coiffe en plastique et préparaient tous les carabines grasses au canon bouché, pour le moment où il faudrait se flanquer à l'eau.

Le petit bâtiment d'assaut râcla le fond sableux, puis une vague le remit à flot, cahotant, et pendant près d'une minute encore il avança droit vers la terre.

De nouveau il talonna dans un geignement de toute l'infrastructure. L'arrière fut déporté, le L.C.A. se mit légèrement en travers et prit de la gîte. On voyait maintenant distinctement la plage, mais elle paraissait encore très loin, avec une étendue de mer considérable avant d'arriver à pied sec.

Toute cette mer était jonchée de débris et de corps qui flottaient. On voyait très nettement le feu des casemates et des mitrailleuses ennemies. Tout sentait la défaite, le coup abominablement raté.

À une dizaine de mètres, un peu sur la gauche, on pouvait voir la tourelle d'un Sherman amphibie, coulé avant d'avoir atteint la terre.

La passerelle fut abaissée, mais personne ne bougeait.

Alors le sergent Reilly eut un clin d'œil vers Hutchins et Bancroft.

— Allons-y !

Aux vétérans de donner l'exemple. Il n'y avait même pas à discuter. Reilly entra le premier dans l'eau, et Hutchins suivit, suffoquant soudain, perdant pied.

C'était très différent des précédents débarquements et différent des exercices faits en Angleterre. L'échouage aussi était raté. On n'avait pas l'eau aux mollets comme prévu, mais presque jusqu'aux aisselles. Il fallait se laisser porter par la ceinture, les bras en l'air, portant la carabine.

Saisi par la froideur de l'eau, suffoqué, Hutchins s'agitait comme un noyé.

Il savait fort bien nager, mais il semblait que le barda et la ceinture avaient été conçus précisément pour empêcher tout mouvement utile. L'objet débarqué était prévu non pour nager, mais pour marcher.

Dans le creux des vagues de plus d'un mètre, il se trouvait soudain isolé. Puis, hissé, soulevé comme par un ascenseur, il était présenté au feu de l'ennemi absolument comme une balle de celluloïd sur un jet d'eau totalement impuissant.

Il n'avait aucune envie d'avancer, mais depuis le départ il savait, comme tous les autres, que c'était un sens unique. Il prit conscience au bout d'un long moment qu'il n'avait plus d'eau que jusqu'à mi-cuisses et qu'il marchait maintenant, conformément au plan et au règlement.

Il était donc sur la plage même, dans la marée montante. Sol de France ! Et il dit soudain à haute voix dans une espèce de rire :

— Moi, je parlé française !

C'était au sol, au sable qu'il disait cela ; une injonction comme pour demander à être protégé spécialement, lui qui parlait français !

De grands fers en pyramides pointues sortaient de l'eau à intervalles irréguliers. Hutchins sentit la douleur à la cheville droite. Il crut d'abord qu'il était touché par une balle.

Il se coucha aussitôt dans l'eau, sentit alors les débris d'épave qui venaient de lui arracher la peau. Ce n'était rien, à peine une écorchure. Mais couché dans cinquante centimètres d'eau il se sentit plus en sécurité. Sa carabine, ses grenades, tout son armement devait être maintenant complètement trempé, inutilisable.

Un tank encore dans l'eau tirait à moins de cinquante mètres et chaque fois l'onde de choc de son 75 zébrait la surface de la mer dans la forme d'un éventail.

Hutchins remarqua alors la dizaine de gars qui s'abritaient derrière le char, absolument collés à lui. Ils attendaient, dans l'eau jusqu'aux fesses, et chaque vague secouait le petit groupe dans un mouvement de houle.

Il se dirigea vers eux, pas décidé à sortir de l'eau, mais les rouleaux le prenaient par le travers et le déséquilibraient.

Il vit le lieutenant Cairn, juste derrière lui, qui titubait en traînant des jambes comme s'il sortait d'un tonneau de mélasse. Il était livide, son casque paraissait trop grand, trop rabattu sur les yeux, jugulaire trop serrée qui lui escamotait la mâchoire, ne laissant plus qu'une mince bande rétrécie de visage qui criait l'épouvante.

Il était pourtant lucide et lui dit un mot en passant :

— Regroupement !

Hutchins se trouva sur le sable sec et, instinctivement, il courut vers la levée de galets où d'autres hommes se trouvaient déjà plaqués.

Il était gorgé d'eau, de la tête aux pieds et avait l'impression de peser une demi-tonne… Floc, floc, floc !... Il évita plusieurs cadavres et trébucha plus loin, comme scié par une jambe raidie qui sortait du sable.

Il resta là, soudain voluptueusement à plat ventre, avec la décision de ne plus faire un pas.

Après vingt-quatre heures de mer, il retrouvait l'odeur de sable, de bon sable qui paraissait tiède, juste sous son nez, du sable français qui, d'une seconde à l'autre, pouvait devenir son tombeau.

Le sol avait l'air de vibrer continuellement, mélange du bruit de la marée montante et des explosions ininterrompues qui labouraient la plage.

L'abattoir ! Pas autre chose.

En Sicile, au moins, on avait fait le débarquement en pleine nuit. On avait même attendu le coucher de la lune. Ils s'étaient tout de suite sortis de la plage et s'étaient enfoncés dans la campagne. Ce n'était que six ou huit heures plus tard que les Panzers avaient contre-attaqué, et avaient failli les rejeter à la flotte.

Ici, c'était autrement génial, proprement lumineux !... L'attaque à saturation ! Les armes ennemies détectées dans le secteur Fox pouvaient abattre cinquante hommes-minute ? Eh bien, on en débarquait cent. Absolument irréfutable !... Il suffisait d'amener sur Omaha Beach plus d'hommes que l'ennemi n'en pouvait tuer. Plan grandiose dans sa simplicité ! C'est beau, d'avoir de l'instruction !

Hutchins restait couché à plat ventre. Il lui semblait qu'ainsi, sans bouger, il pouvait mieux réprimer le grelottement de froid et de peur.

Par ailleurs, il n'avait plus de force, il était physiquement paralysé, plaqué au sol par le poids de l'eau et du barda. Il voyait les rigoles se former sur le sable, gonfler, se transformer en petites mares et disparaître.

Le sable n'était pas sec, mais lavé par la pluie. Pourtant, en grattant un peu, il trouva le sec à une épaisseur de main. Alors il se souvint de l'espèce de truelle qu'il portait à la ceinture.

« — Faut que je creuse un trou. »

Mais pour cela, il fallait bouger et il n'en avait pas envie.

Quelqu'un tomba tout à côté, lui projetant du sable au visage.

— Bougre de con !

— Hé, la C4 ! fit une voix blanche.

Il vit à trente centimètres, la tête d'un gars du peloton. Un grand brun du Tennessee qu'on appelait Harry. Le gars paraissait anxieux :

— T'as pris ton ticket ?

Et comme Hutchins ne répondait pas, l'autre insista :

— T'es blessé ?

Jamais vu le feu encore, le petit gars. Il venait tout droit du camp U.S. de Claiborne. Joli baptême ! Peut-être se couchait-il près d'un vétéran uniquement pour se rassurer ?

— Faut faire son trou ! dit Hutchins.

Mais l'autre ne bougeait pas non plus.

— T'as pas vu le sergent Reilly ?

Dans le silence, il ajouta, comme une sensationnelle découverte.

— On ne reste peut-être que nous deux !

Hutchins ramena ses genoux sous lui, finit par se redresser le buste, déséquipant les courroies de son matériel. Un poids lui tomba du dos. Intense soulagement.

Des gerbes de feu éclataient partout sur la plage étroite. On ne savait même pas d'où ça venait.

Vers la mer, c'était un fouillis colossal. Devant, il y avait juste ces galets, avec des gars agglutinés qui se faisaient tout petits.

Il n'y avait même pas à réfléchir. Le corps commandait : offrir le moins possible de surface ! Hutchins se recoucha à plat.

Au sable qui volait, il comprit qu'Harry se déséquipait à son tour.

— Je vais faire un trou, dit le jeune.

Il y eut trois explosions très proches, soufflant le sable comme à la pelle excavatrice. Hutchins se plaqua avec la volonté de disparaître par quatre mètres de fond, bras rabattus encadrant le visage enfoui dans le sable.

Au bout d'un long moment, il sentit une douleur à la cuisse gauche qui parvint lentement jusqu'à son cerveau.

— J'en ai pris un coup !

Mais il ne bougeait pas. Et c'est l'odeur écœurante qui soudain le fit tressauter.

— Blessé au ventre ! Suis en train de me vider !

Mais ce n'était pas lui qui se vidait, c'était Harry. Cassé en arrière, projeté sur ses jambes, l'abdomen ouvert, puant. La douleur à la cuisse n'était pas autre chose que le poids du mort.

Hutchins se dégagea, reprochant vers le copain :

— Çui-là, alors, çui-là !...

Il ne pouvait pas rester dans l'odeur horrible. Il se ramassa, prit sa carabine gluante de sable humide et bondit vers les galets, courbé et titubant.

Il vit sauter le sable sur sa droite et entendit siffler les balles. Alors il se jeta de tout son long dans les gros galets ronds sur lesquels il était impossible de courir. En rampant, il gagna la petite levée de guère plus d'un mètre qui marquait sans doute l'avancée des marées d'équinoxe.

Deux gars du 116e étaient là, assis en tailleur, le dos au mur. Pas un mot. Hutchins s'adossa à son tour, regardant vers la mer.

D'abord il fut un peu réconforté de voir toute cette flotte. Puis il comprit tout de suite que la puissance de feu de cette armada d'assaut était pratiquement nulle.

Le char qu'il avait dépassé paraissait maintenant loin dans l'eau et ne tirait plus. Toutes les barges paraissaient chavirées en tous sens. Une fumée âcre se rabattait par instants et voilait toute une partie de la plage.

On entendait les coups cinglants d'un canon très proche, au-dessus de la levée, et le martèlement des mitrailleuses qui balayaient la plage.

La mer charriait des cadavres qui arrivaient avec la marée montante et s'alignaient dans les rouleaux d'écume qui approchaient lentement. Presque tous avaient les fesses en l'air, pantins grotesques et disloqués, battus par le flux et le reflux.

Dans le vent, la fureur des vagues et les déflagrations, il fallait hurler :

— Où il est, le blockhaus ?

L'homme du 116e leva le pouce et indiqua derrière lui, sans bouger :

— T'as qu'à voir !

Hutchins n'en avait nulle envie. Les deux gars de la première vague avaient choisi la meilleure solution. Se mettre à l'abri et attendre que ça se passe. Il n'y avait qu'à faire comme eux.

Parfois, le roulement du feu se multipliait, là-bas sur la gauche. Mais Hutchins n'aurait pas avancé la tête de deux centimètres pour en voir davantage.

Personne n'avait dormi, dans le transport. Il se sentit soudain épuisé. Il songea au chocolat vitaminé qu'il avait dans sa poche, mais la seule idée de fairc un effort lui donnait la nausée. Il avait les membres glacés, il sentait l'eau qui lui coulait de partout, les vêtements qui lui collaient au corps, de plus en plus froids. Il claquait des dents.

— On va tous crever !

Combien de temps ? Cinq minutes ? Une heure, qu'il était là ?... Impossible de savoir.

Machinalement, il se déchaussa, vida un bon demi-litre d'eau sur les galets. Une explosion proche le fit s'aplatir, un pied nu, l'autre encore chaussé.

Le mouvement de la mer de plus en plus proche avait un effet berceur. Il se sentait gagné par une espèce de somnolence.

Débrayage. Il connaissait ça… À Troïna, en Sicile, dans une attaque ratée, il était resté six heures isolé dans une ruine, avec une dizaine de copains. Même chose. Attendre que ça se passe. Au-delà de la peur, c'était la déconnection ; un truc de « vétéran ».

Un homme courbé longeait la levée, arrivant vers eux.

— La Douze ! Les gars de la Douze !...

Les deux hommes à côté d'Hutchins ne bronchèrent pas. Mais l'autre les reconnut, les appela par leur nom.

— Allez, les gars ! Rassemblement !

— Va te faire foutre ! dit l'un des hommes sans bouger. T'as vu personne.

L'autre repartit sans insister. On l'entendit, trois mètres plus loin :

— Hé ! la Douze ! Rassemblement !

Au bout d'un moment, les deux hommes de la Douze se levèrent en silence et suivirent.

Hutchins resta seul, frottant son pied nu avec la chaussette trempée et râpeuse de sable.

Des hommes sortaient de la mer, juste devant lui, poussant un radeau pneumatique chargé d'explosifs. Des gars du génie. Hutchins se rappela soudain qu'il était en guerre et qu'il avait à exécuter des ordres précis. Il avait laissé tomber sa carabine. Il fallait s'assurer si son arme était en état de fonctionner… Pour l'instant ce n'était qu'un bloc gluant de graisse et de sable mouillé.

Il ouvrit la culasse pour l'examiner. Puis, changeant d'idée, il balança sa chaussette inutile et remit son pied nu dans la chaussure glacée.

Il prit du sable entre les galets et le fit couler entre ses mains. Tout d'un coup loin de la guerre, il pensa aux collines de sable couvertes de pins de la Delaware, à la grande verrerie Gladel où il travaillait aux fours chimiques des colorants ! Sable ! Il était voué au sable.

C'était furtif. Un éclair. Il se retrouva sur la plage battue par l'eau et par le feu, simple bête à l'abattoir.

Il entendit la grande gueule du sergent Reilly, proche :

— La Quatre ! Rassemblement, la Quatre !

Il semblait que ça cognait sérieusement vers l'ouest et que les casemates laissaient le coin plus tranquille.

— Allez, Hutchins ! Rassemblement !... Pas vu le lieutenant ?

— Non, dit Hutchins.

Il se leva à regret, suivit le sergent. Ils marchaient courbés, titubant sur les galets, contournant parfois un groupe d'hommes agglutinés en essaim.

— La Quatre ! Des gars de la Quatre, ici ?...

Personne ne répondait. Alors le sergent Reilly avançait sa grosse gueule aux sourcils pâles, examinant les hommes un à un.

Parfois, les gars avaient tiré un copain moribond qui était en train de crever là, le long de la levée. Tous les visages étaient fermés, crispés.

— On a perdu le mortier, renseigna Reilly.

Hutchins le regarda, incrédule. Quelle importance pouvait avoir un mortier de plus ou de moins dans cette tuerie à sens unique ?

Personne ne tirait. Tout le monde avait l'air de vouloir se laisser oublier.

Reilly fit soudain demi-tour, entraînant Hutchins.

— Cairn a dû se paumer.

De marcher faisait couler l'eau en rigoles froides, dans le dos et le long des jambes.

Après un amas de poutrelles déchiquetées, jaunes d'explosifs, Hutchins reconnut quelques visages. C'était l'essai de reformation du peloton.

Personne n'avait revu le lieutenant sur la plage. Rien ne pressait. Tant qu'il n'était pas là, il n'y avait qu'à attendre en se planquant du mieux possible.

Trois jeunes essayaient de se mettre en position de tirailleur, l'arme au créneau entre les touffes de chardon. Pour tirer sur quoi, grands dieux ?...

— Hé ! Hutchins !

Brown appelait, tassé contre le muret à côté de Bancroft. Le groupe des anciens d'Afrique se reformait, tournant le dos à l'ennemi.

Bancroft, un grand osseux aux yeux creux et au tarin busqué, examina l'arrivant, se poussa légèrement pour lui faire une place et demanda :

— Tu vois de l'artillerie, toi ?

Ça ne cherchait pas de réponse. Mais ça allait plus loin que ça, comme une complicité entre les trois « vétérans »...

— C'est foutu ! dit Brown.

Depuis l'heure H, sur cinq kilomètres de plage, pas un char, pas un homme n'avait pu franchir la ligne des galets de grande marée. Et la mer arrivait sur eux, vague après vague, comprimant sur une bande de plus en plus étroite des morts, des vivants et du matériel aux trois quarts inutilisable.

On pouvait facilement prévoir, soit le massacre total, soit le coup de filet de l'ennemi qui raflerait d'un coup tous les survivants du « Grand Un Rouge », qui vivaient déjà pratiquement parqués comme des prisonniers.

Les rouleaux qui déferlaient étaient irisés de mazout... Sautez ! Sautez, petits pantins aux fesses en l'air !... Ils étaient maintenant à moins de vingt mètres. La mer les rapportait, comme un animal bien dressé.

Une vague d'autres barges arrivait. Et tout d'un coup ce fut le carnage. Les canons des casemates se concentraient sur la nouvelle ligne d'assaut. En moins d'une minute, la lueur fauve des explosions avait marqué plusieurs coups au but, sur les crafts d'assaut.

Les survivants nageaient. On voyait surgir les casques comme des petites balles flottantes que cherchait le tir rageur des mitrailleuses.

— Assassins ! murmura Brown.

Et ce n'était pas à l'ennemi qu'il pensait !

Où donc étaient-ils les guignols super-galonnés qui avaient préparé ce joli plan d'attaque ? Sur l'un des cuirassés qui croisaient au large, tout prêts à foutre le camp sur une autre plage si ça tournait vraiment au vinaigre ? Ou peut-être même encore à Londres, pour ne pas trop exposer les « cerveaux » au feu de l'ennemi ?...

Quelqu'un dit que Cairn était mort. Puis cela se confirma. On avait repéré les cadavres du lieutenant et de trois gars de la section.

Maintenant l'angle mort de la petite levée n'était plus suffisant. Ça grouillait partout comme dans le métro. Des soldats surgissaient continuellement de la mer, venaient se bloquer là, dans un espace de plus en plus restreint.

Il faisait moins froid qu'à l'aube, mais l'odeur de fumée et de mazout devenait intenable.

— Le capitaine Corbett est arrivé !

On l'aperçut en effet, quelques minutes plus tard, rasant les galets, impersonnel. Mais sans doute avait-il donné des ordres au sergent Reilly. Celui-ci revint vers les hommes, la mâchoire carrée, la lèvre mince et l'œil clair du bon fayot qui se précautionnait à la poudre de rhubarbe.

— On va y aller, les gars ! Faut se pointer. C'est maintenant que ça commence !

Le super-plan paraissait n'être pas autre chose que cela : foutez des hommes dans un merdier, ils se débrouilleront bien pour en sortir !

Depuis une heure qu'ils regardaient vers la mer, les trois vétérans n'avaient même pas essayé de jeter un coup d'œil du côté des terres.

Ils avaient bien eu le temps de tout voir en traversant la plage : des collines, des casemates, des barbelés, des canons et des mitrailleuses qui pétaient dans tous les azimuts. Ils avaient déjà trop l'habitude de la bataille, tout comme le taureau qu'on ne peut combattre plus de vingt minutes… On avait beau agiter maintenant devant eux le drapeau-muleta pour les faire foncer, ils savaient que le véritable ennemi était le chef !... C'était lui qu'il fallait encorner, et pas le petit drapeau-leurre qui masquait l'ennemi.

— Cause toujours !...

Groupés tous trois, tacites. Objectif : vivre !

II

Il rectifia sa cravate, boutonna sa vareuse et mit le petit calot sur sa tête.

Nuque épaisse, épaules puissantes ; il dépassait la quarantaine.

Il prit l'oriflamme pliée qui se trouvait sur une petite table, et il sortit.

C'était ce que les gens du coin appelaient la Saint-Jean d'été. Solstice. Le soleil s'était levé sur la mer et se coucherait sur la même mer.

Le sergent Steve Reilly sortit de son pavillon. On entendait le meuglement des vaches vers le vallon de Colleville, mais ici tout était calme et sérénité.

Il longea la maison du capitaine-conservateur qui ne donnait encore aucun signe de vie, et sitôt après avoir passé la haie de roses pompons il eut devant lui l'immensité des alignements de croix de marbre blanc.

Il était absolument seul, mais il était raide et militaire comme s'il était en tête d'un détachement. Les deux bras en avant portaient l'oriflamme pliée, dans le style réglementaire, la main droite un peu surélevée refermée sur les œilletons. Le seul bruit rythmé qui l'accompagnait était le broutement du gravier… Gauche, droite, gauche, droite !

Il tourna à angle droit devant l'immense portique du Mémorial, longea les quarante mètres du bassin dont l'eau frisait légèrement à la brise de mer, puis se dirigea vers le mât.

Avec l'aisance d'une très longue habitude, il accrocha les œilletons, hissa lentement les douze mètres de corde, crocheta la clavette. Il recula de trois pas, se mit au garde-à-vous et leva les yeux… Là-haut, flottait la bannière étoilée, au-dessus du cimetière militaire américain d'Omaha Beach.

Dans le cours de l'année, il y avait des envois de couleurs beaucoup plus solennels. Comme à l'anniversaire du 6 juin, par exemple, où l'on trichait jusqu'à onze heures pour attendre les autorités, le détachement de l'Armée en grande tenue et la clique déléguée du Shape qui jouait le *Star Splangled Banner*.

Dans une quinzaine encore, pour l'Indépendance Day, on redonnerait le théâtre. Mais la plupart du temps, qu'il pleuve, qu'il vente, Reilly était seul.

Du cimetière, la vue était exceptionnelle.

La mer était basse. Très loin vers l'est, éclairés par le soleil levant, on pouvait distinguer les caissons du port d'Arromanches. De l'autre côté, plein ouest, on apercevait la frange du Cotentin, jusque vers Saint-Vaast et Barfleur.

Mais pour voir Omaha Beach, en contrebas, il fallait s'avancer jusqu'au bord du plateau, à la table d'orientation. Là, on avait la vue totale sur la plage de débarquement.

À cause de la marée basse, les gros engins amphibies des récupérateurs de ferraille avaient déjà pris la mer, découpant au chalumeau oxhydrique, depuis bientôt vingt ans, les épaves du grand débarquement.

Depuis douze ans qu'il était là, Reilly connaissait chaque pouce de terrain. Presque en dessous, il y avait la stèle à la 6e Engineer Brigade, et plus loin vers l'est, l'obélisque de marbre noir de la première division d'infanterie.

Jour ordinaire ; Reilly n'avait pas sorti ses décorations. Mais au revers de sa vareuse s'alignaient les trois rubans de la Silver Star, du Purple Heart, et de la D.S. Cross. Plus qu'un gardien de cimetière : un héros !

Reilly ne regrettait qu'une chose, c'est que l'endroit où il était tombé grièvement blessé était en territoire français, et non pas dans l'enclave U.S. À une vingtaine de mètres près. Juste de l'autre côté de ce petit ruisseau à écrevisses, large d'un pied, cascadant de caillou en caillou, pour aller se perdre dans les sables de la plage.

Bientôt vingt ans, mais oui ! Tout cela devenait lointaine Histoire. Par trains de cars bondés, les touristes en short se payaient maintenant le circuit des plages de Débarquement… Port artificiel d'Arromanches, stèle de Sainte-Marie-du-Mont, blockhaus éventrés de la pointe du Hoc, avec les quarante minutes d'arrêt prévues pour les seize hectares de tombes d'Omaha Beach.

Dans une heure et demie environ, on ouvrirait les grandes portes aux visiteurs. Mais déjà arrivaient, en pétarades de vélomoteurs, les journaliers chargés de l'entretien de la nécropole.

Seule la main-d'œuvre était française. Tout le reste, le personnel dirigeant, les croix, les monuments et jusqu'à la couche d'humus symbolique, tout était importé des U.S.A... Y compris, bien sûr, les quelques six mille corps, connus et inconnus, de jeunes gars qui avaient traversé l'Atlantique vingt ans auparavant, pour venir se faire étriper sur une plage normande.

Les tombes étaient rangées par ordre alphabétique, les noms tournés face à l'ouest, vers l'Amérique. Depuis douze ans qu'il était là, Reilly pouvait prétendre les connaître toutes. En fait, ce n'était qu'un immense tombeau recouvert de gazon, avec une parade de croix blanches au garde-à-vous, dans des alignements impeccables, aussi bien dans les axes que dans les diagonales.

Mais parmi ces croix, il y en avait une douzaine que Reilly affectionnait particulièrement.

Une fois la semaine, environ, il faisait en zigzag ce qu'il appelait l'appel de l'escouade. D'un bout à l'autre du grand cimetière, il se promenait selon une ligne brisée, mais invariable.

Dans la côtière Nord, d'abord, se trouvaient Wilson, Randolph et Pritchard ; ceux qui avaient en somme les meilleures places, presque au bord du plateau.

Puis il remontait vers le centre autour de la chapelle ronde. Et presque avec tendresse, il touchait en passant les croix de Harry, de Gordon, de Hann et du « vétéran » Hutchins qui était venu échouer là, après avoir survécu à la Tunisie, à la Sicile et à l'Italie.

Près du bassin se trouvait Martin, tireur d'élite, dont il ne se souvenait même plus du visage. Dekan, autre tireur d'élite, se trouvait dans la côtière Sud, pas loin des pavillons du personnel.

Le troisième tireur d'élite, le « vétéran » Brown se trouvait en tête d'un alignement, pas loin du mitrailleur Bowser.

Il s'arrêtait plus longuement devant la croix de James R. Bancroft, le râleur, un autre ancien de Gela, de Troïna et d'Anzio.

Au-delà du grand « Agénor » de bronze du Mémorial, il rendait visite au mur des disparus où le dernier homme de l'escouade, Cornell, avait son nom au milieu d'un millier d'autres, pulvérisés, jamais retrouvés.

Peloton, au complet !

Eh oui ! Tout le peloton Reilly, de la 4e section de la Compagnie C, avait été anéanti. Et le seul survivant, le sergent Reilly lui-même, avait été transporté au navire hôpital dans la matinée du 7 juin, complètement inconscient, et pas encore glorieux.

La gloire était venue plus tard, mais fulgurante comme un coup de cymbale. On était en septembre, au moment de la stagnation du front aux frontières allemandes. Reilly avait été rapatrié au camp-hôpital Johnson… Le « Psychological Warfare » de la première armée avait communiqué les renseignements à Ernie Pyle. Le célèbre correspondant de guerre avait embouché la trompette… En recoupant les témoignages, il devenait à peu près certain que la première infiltration américaine de la matinée du 6 juin avait été l'œuvre de l'escouade Reilly, dont les derniers hommes étaient venus mourir, vers dix heures quinze, sur le plateau de Saint-Laurent.

Le soleil du petit matin donnait encore des ombres longues où séjournait la rosée.

Reilly se dirigea vers le dépôt où les ouvriers rangeaient les vélos sous un abri de tôle. Le cimetière employait cinq jardiniers permanents et un nombre variable d'hommes de Colleville et de Saint-Laurent qui passaient la matinée à l'entretien des allées et à la tonte du gazon.

Reilly serra la main de Tronelle et dit « bonjour, messieurs » à la ronde.

— 'jour, sergent !

Pour tous il était le sergent. La plupart ignoraient même son nom. Comme un vrai maître à bord, Reilly avait institué une hiérarchie très directe et ne donnait ses ordres qu'à Tronelle. Mais il connaissait le nom de tous les hommes et d'un coup d'œil circulaire faisait mentalement son appel du matin.

— Monsieur Tronelle, s'il vous plaît... M. Delouis toujours malade ?

— De plus en plus, dit Tronelle.

Quelques hommes secouèrent la tête, graves comme à l'annonce d'un deuil :

— Ça va pas fort du tout !

Le sergent Reilly pensait lentement. Grave problème. Si le père Delouis ne revenait pas, il fallait lui trouver un remplaçant. Mais était-ce bien le moment d'en parler ?

Il dit, dans son français élémentaire à fort accent de plouc des collines du Kansas :

— J'espère il se porte mieux demain.

— Faut pas trop y compter, dit Tronelle.

— Très dommage, dit Reilly avec gravité. Peut-être le « monmontannement » remplacère ?

— Ce serait raisonnable, approuva Tronelle.

Les hommes entraient dans le hangar. Habitués — certains depuis déjà longtemps — ils avaient chacun leur tondeuse à moteur, une dizaine de machines alignées sous verrière qu'ils allaient en procession remplir à la pompe à essence. Tout prenait une allure de cérémonial.

Quand tous les hommes furent sortis, Tronelle dégagea sa propre machine. Il s'arrêta près de Reilly.

— Y a Delouis qui veut vous voir, sergent. Il dit qu'il voudrait vous parler.

— Je veux bien pâ'ler, consentit placidement Reilly. Il passe à mon bureau.

— Il est mourant, rappela Tronelle. Je ne sais pas ce qu'il veut vous dire, mais il a insisté drôlement, hier soir et ce matin.

— Mourant, répéta Reilly.

Il voulait faire preuve de tact. En somme il était le chef de ce père Louis. Peut-être était-il normal, en ce pays, qu'un chef assiste aux derniers instants d'un employé ?

— Beaucoup travail, s'excusa-t-il.

— Oh ! fit Tronelle. Vous pouvez y être d'un coup de volant. C'est pas à dix minutes d'ici. Moi, je vous ai fait la commission.

— Je pas savoir la maison, éluda Reilly.

— À Saint-Laurent. N'importe qui vous dira. Vous ferez comme vous voudrez, sergent, mais ça m'a l'air sérieux.

— Nous verrons ! fit Reilly en coupant l'entretien.

Il était contrarié. Il n'aimait pas, mais pas du tout le père Amédée Delouis, ce vieux Normand crachoteur et finaud qui, depuis douze ans, avait toujours eu l'air de se foutre de lui.

En train de crever ? Bon débarras ! Sale bête noire qu'il avait maintes fois essayé de saquer et qu'on lui avait toujours remis dans les pattes sous le prétexte des indispensables bons rapports avec la population.

Amédée Delouis était l'un des rares jardiniers français payés à l'année, avec assurances sociales, congés payés et tout le bidule.

Un vrai champion ! Entre les vacances, les congés de maladie et les absences excusées, il tirait bien chaque année trois ou quatre mois de repos aux frais du contribuable U.S. !

Ce qui faisait sa force, c'est qu'il était l'officieux adjudicataire des fumiers et composts. Car hélas ! tous les arbrisseaux, les parterres, les buissons de roses galliques et les pépinières ne se contentaient plus de l'humus symbolique américain, il fallait du fumier français !

Le gang du fumier ! chaque fois qu'on avait essayé de court-circuiter le père Amédée, on avait couru droit aux pires emmerdements : fumier farci de pourridié malade, ou truffé de tonnes de vers blancs qui compromettaient toute la végétation.

Porter plainte ? Ça menait loin et ça prêtait le flanc à la rigolade de la sympathique population. Le capitaine-comptable avait préféré composer avec Amédée. On y gagnait un fumier sain (le point d'honneur du père Delouis !) et un ouvrier qui fournissait huit mois de présence, sinon de travail.

Mourant, ce vieux chameau ! Et il voulait lui parler !... Connaissant le vieux filou, Reilly se doutait que ce n'était certainement pas pour présenter des excuses. Qu'est-ce qu'il avait encore mijoté, ce grigou dégueulasse, qui passait le plus clair de son temps à gicler son jus de chique à la base des croix de marbre… « Ça tue “l'insèque”, sergent !... »

Qu'est-ce qu'il pouvait bien vouloir encore, même à son lit de mort ? Des obsèques aux frais de l'armée américaine ?

— Je n'irai pas ! décida Reilly.

Il avait d'autres soucis en tête, et autrement violents.

Il revint à son pavillon. Il allait maintenant surveiller les travaux durant une heure ou deux, et pour cela il quittait la vareuse pour enfiler un blouson.

Il ne touchait jamais un outil, bien sûr. Sergent, pas pour rien !

Dans l'entrée il enleva son calot, découvrit son crâne dégarni… Demi-boule de billard : la rouge !

Il entra dans la cuisine. La vaisselle de la veille était encore dans l'évier. Tout paraissait à l'abandon. Passant un doigt sur le réfrigérateur, il laissa une trace dans la pellicule de poussière… Claudine continuait à faire sa mauvaise tête.

Il se souvint de la dispute de la veille. Claudine voulait aller à Caen, au cinéma. Lui, préférait rester, chaussettes à l'air… Des mots ! Elle avait violemment regretté d'avoir épousé un « vieux » ! Elle était partie se coucher en larmes. Lui avait pris la voiture et avait fait un tour sur la plage de Vierville. Il avait bu une bière à l'hôtel de la Percée et avait acheté une mesure de crevettes… Mais quand il était rentré, Claudine avait bouclé la porte de la chambre.

Les crevettes étaient toujours dans le réfrigérateur. Un instant il eut l'idée de préparer le petit déjeuner.

Cela n'était jamais arrivé ; même quand Claudine était malade. Cela l'ennuyait bien, mais en toute sincérité il se dit que ce travail était incompatible avec la position d'un sergent héros national trois fois médaillé.

La porte de la chambre était ouverte et le lit vide.

Les pavillons du personnel américain avaient tout le confort. Reilly entendit couler l'eau dans la salle de bains. Il s'assit sur le lit, une barre à l'estomac…

Pas de chance avec ses femmes, vraiment ! Il se demanda un moment s'il ne préférait pas la Molly du Kansas, sale teigne musclée qui sentait fort et lui rendait coup pour coup… Claudine, petite française, petit bijou, chérie je vous aime… Merde !... Vingt ans de moins que lui. Fille d'un horticulteur de Bayeux. Jeune fille pure, enfin presque… Mariés depuis cinq ans. Grandes orgues à la cathédrale de Bayeux. Discours de l'adjoint, à la mairie… « … et parmi tous ces braves qui donnèrent leur vie pour la libération de notre sol, vous êtes, sergent Reilly, comme le porte-drapeau de l'indomptable énergie de nos valeureux alliés d'Outre-Atlantique, dont jamais nous n'oublierons le sacrifice… » … Mae'de et remae'de !

Claudine sortit de la salle de bains ; culotte et soutien-gorge, la cuisse nerveuse et l'œil glacé.

— Tiens, tu es là…

Une moue de vague écœurement. Ça allait mal !

Elle avait des seins de gamine, un ventre plat, des petites fesses dodues… Vingt-deux ans ! D'un coup, Reilly se sentit très fier… À moi ! La moitié de mon âge !

— Le « vieux » dit bonjour, fit-il pour apaiser.

— Tu peux le garder !

Cinglante, elle n'avait pas l'air de désarmer. Il mit de l'huile.

— Pas gentille… Je achète hier soir crevettes à manger.

— Mange ! lança-t-elle.

Il rit, lui attrapa les hanches au passage pour l'attirer sur lui. Elle se dégagea sauvagement, comme une vierge qui fuit le viol.

— Ah ! c'est fini, ça ! Fini, mon bonhomme ! Finish ! J'en ai ma claque !

— Qu'est-ce que c'est ma claque ? demanda-t-il.

Elle enfilait une jupe, rapidement.

— Je ne veux pas devenir cinglée, non !... Des morts, des morts ; je retourne chez les vivants ! Perdu quatre ans de ma vie ! En ai marre !

Elle criait vraiment, c'était désagréable. Fenêtres ouvertes. Scène de ménage sous l'oreille des supérieurs…

— Pas gueuler comme ça ! ordonna-t-il d'une voix profonde. Expliquer. Pas la peine gueuler !

La voix devint encore plus perçante.

— Ah ! parce que j'ai une gueule, maintenant ?... En tout cas, elle vaut mieux qu'une gueule de croquemort !

Elle criait certainement pour le ridiculiser. Tout près de la fenêtre ! Pour que la femme du capitaine entende bien !... Il frisa du nez.

— Je craoque pas les maorts ! Je faisais respéctère les maorts !

Congestionné, il ferma la fenêtre. Plutôt ennuyé. Il avait envie d'elle et voulait faire la paix. Mais fallait pas toucher aux morts ; c'était moche et indécent comme un coup dans les parties !

En quatre ans, ce n'était pas la première fois que le torchon brûlait. Gamine nerveuse, souvent boudeuse… Mais depuis quelques semaines elle tournait vraiment à la râpe à fromage. Et il y avait quelque chose de nouveau dans les empoignades : « J'en ai soupé d'être avec un croque-mort !... »

Reilly s'interrogeait. Il présentait ses devoirs trois ou quatre fois la semaine, avec parfois un petit doublé pour le joli de la chose… Évidemment, ce n'était plus la lune de miel, mais pour un homme de quarante-cinq ans, il était bougrement vigoureux… Quart de tour ! Jamais de raté ! Un vrai V8, à l'américaine !

Chercher les mots, c'était pénible. Il aurait voulu l'empoigner, la mignoter un peu, retrousser la jupe, faire péter sa bouche sur ses fesses, comme on fait aux bébés… Violacé, il lui montait des idées. Il leva le pouce.

— Je demande l'â'mistice.

Elle agrafait sa jupe. Elle regarda droit dans les yeux, soufflant le mépris.

— Pauvre type !

Plus une question de vocabulaire, mais de mimique. Très clair ! Pis qu'un crachat ! Fit comme s'il n'avait rien vu, rien entendu. Sang qui bouillait, faisait des bulles… Bon Dieu de sale petite pute, attends voir !... La giclée de sueur… Fallait le temps… Non, un homme ne supporte pas… Le crâne chauffait comme s'il faisait cuire son œuf… Machinalement, il avait enlevé sa vareuse et l'accrochait au cintre.

Brusquement il fit les trois pas et pif ! paf ! L'aller et retour ! La paire de baffes !... Bon Dieu, ça soulage !

Il vit tressauter la tête incrédule et les petits seins-mandarines sous enveloppe satinée. Les yeux noirs défiaient.

— Il me bat, vieux salaud !

Soudain blanche, mais elle tenait tête.

— Me fais pas peur, tu sais ! Sous-fifre ! Gardien de square ! Débris !

Reilly était noyé de stupeur. Des mots orduriers américains lui venaient en paquets, qu'il déviait dans un tremblement des lèvres.

C'était pénible comme une rumination. Depuis qu'il était au cimetière, il se conduisait en vrai monsieur, en homme qui a réussi sa vie : situation, considération, femme jeune fraîche qui faisait crever d'envie le capitaine-comptable avec son haridelle importée du Middle-west…

Vingt dieux de saloperie ! Tout remis brutalement en question, pour en revenir au souvenir des bagarres ignobles avec la lourde Molly Adams dont les biceps étaient plus volumineux que les cuisses de Claudine... Première épouse devant Dieu ! Cogner, sabrer, se cuiter, recommencer, cogner, sabrer dans les grosses cuisses de truie jamais rassasiée !... Et ça allait recommencer avec celle-là ?... Non !

— Nous conduisions ridikioule, essaya-t-il avec dignité. Pas peurmise blaguère les maorts et dire je souis paôv type ! Pas peurmise !

— Ah ! oui ? Et c'est permis de me cogner ? Permis de m'enfermer dans un cimetière ? Que je me sens déjà moitié bouffée aux asticots !

— Pas peurmise asticots ! se fâcha-t-il. Vous pétit femme, pétit tête ! Rien dans la tête !

— Et toi, qu'est-ce que tu t'imagines avoir dans ta tomate ?

— Pas peurmise tomate ! Feurmer ta guiole !

Dépassé sur le terrain des mots, il leva sa grosse patte, mais sans intention de frapper ; pour faire peur. Elle se ratatina. Puis, voyant que le coup ne venait pas elle pinça les lèvres, garce. D'un coup, elle courut vers la fenêtre à guillotine, la souleva... :

— Au secours !... Help ! Help !

Horrible vacherie délibérée ! Il bondit derrière elle, la repoussa, rabaissa la vitre, encore plus scandalisé que furieux.

— Oh ! folle !... Folle tou es ! Folle !

Mais elle le défiait, si mignarde, les oreilles rouges et les poings sur les hanches.

— Pas folle d'amour, en tout cas ! Essaie encore un peu de me toucher, je gueule à la garde !

— Ho ! répétait-il, dépassé... Ho ! Très maoche !... C'est très maoche !

Sa colère était balayée par quelque chose de plus violent, comme une rupture de barrage... Spasmes à la brioche. Prise de conscience d'un tournant de la vie mal négocié... Gros chagrin. Voix douce, crevant d'angoisse.

— Oh ! Claudine... Nous peûdons le pédale... Regreuter le giflé, mais pas peurmise insoulter moi.

Lèvres minces, l'œil noir, elle restait immobile, poings aux hanches, coudes écartés qui lui donnaient l'aspect fascinant d'une tête de cobra. Intense mépris de la petite femme qui a fini d'aimer, qui a déjà trouvé « ailleurs »... C'en était criant ; ça se passait de mots. Le sergent Reilly se sentait pauvre homme, poignardé...

— Claudine... Pétit gamine, et moi homme qui faire la gueurre, et bien conduire à la gueurre. Pas possibeul je laisse dire paôv type, et craoquemaort, et deubris...

Il parlait doucement, comme pour essayer de convaincre un enfant révolté. N'y croyait pas encore. Brûlait de la prendre dans ses bras, comme un être chéri qui va mourir... Et la futée qui ne s'y trompait pas, qui teintait son demi-sourire d'assurance et d'ironie cruelle...

— Oh ! pétit Claodine… Qu'est-ce qu'elle a mon pétit mâmoiselle ?

Il tendit timidement les bras vers elle, mais elle recula, toujours cobra, intouchable.

Penaud et malheureux il n'insista pas, essaya de rire, par pudeur.

— Le poulet froutt froutt… Chez nous, Kann's nous disait : temps d'orage, le poulett il veut les ploumes de vieux couq.

Toc, toc ! à la porte vitrée. Reilly passa la main à son front ; il était trempé de sueur. Pas envie d'aller ouvrir, mais on insistait… Toc, toc, toc !

Il chaloupa vers l'entrée, ouvrit la porte. C'était le capitaine Mason… Pas officiel, plutôt doucement goguenard ; pantalon Tergal et chemisette bariolée, très fantaisie.

— Salut, Steve !

— Salut ! dit machinalement Reilly.

Il tremblait.

— Les jardiniers sont au travail ?

— Yee… Oui, certainement.

Tout cela paraissait très normal, presque familier… Sauf que le capitaine Mason ne venait JAMAIS au pavillon de Reilly.

— Si vous voulez entrer, capitaine…

— Oh ! je ne veux pas vous déranger.

Nettement narquois. Mason était le genre grand maigre, yeux jaunes, avec toujours son sourire désabusé, incurablement supérieur à sa fonction. Il avait dix ans de moins que Reilly, mais affectait un paternalisme compréhensif et ennuyé.

— Tout va bien, Reilly ?

Le sergent était violacé, la chemise collée au corps.

— Tout va bien, capitaine.

Et, comme l'autre ne bougeait pas et sondait l'intérieur de la maison…

— Une araignée ! trouva Reilly. Ma femme a eu peur d'une araignée…

— Ah ! oui ? dit Mason. Une araignée ?

Il se foutait de lui, sourire en coin ; mais il ne bougeait pas, comme s'il tenait à constater de visu que le sergent Reilly ne venait pas d'égorger sa femme.

À ce moment Claudine qui avait enfilé un corsage traversa le fond du couloir pour aller dans la cuisine.

— Mes hommages, madame… commença le capitaine, très mondain.

Mais Claudine ne se retourna même pas, l'ignorant complètement, claquant le dallage à secs petits coups de talons.

— Hem ! fit Mason… Voyez-vous, Reilly, avec Mrs. Mason nous évitons d'avoir des araignées.

— C'est la vigne vierge qui les attire, dit Reilly.

— Nous avons du lindane au magasin. Vous devriez saupoudrer le tour des fenêtres, Reilly. Il ne faudrait pas que votre charmante jeune femme vive dans l'épouvante.

— Je n'y manquerai pas ! Veuillez m'excuser, capitaine.

— De rien, dit Mason. Simple conseil d'ordre domestique. Voyez-vous, mon vieux, nous devons être impeccables !

Il avait parfaitement dit ce qu'il avait à dire et, pour bien prouver que l'incident était clos, Mason sortit un petit paquet de cigarillos français, en offrit un à Reilly, qui prit machinalement dans la boîte.

Mason fit un pas dans l'entrée pour allumer son cigare à l'abri de la brise de mer.

— Belle journée !

— Il va faire chaud, dit Reilly. Je fais mettre les tuyaux en batterie.

Mason reprit son air d'intellectuel ennuyé. Pardessus la haie de roses pompons, on voyait le haut du portique du Mémorial et la grande statue de bronze de bonhomme à poil qui avait l'air de sauter du tremplin pour tenter la figure de plongeon dite « coup de pied à la lune ». C'était sans doute censé représenter l'âme du Combattant s'envolant vers les cieux.

Mason remit son briquet en poche et, comme fortuitement, il en ressortit une lettre décachetée, pliée en quatre.

— Au fait, j'ai trouvé ça dans ma boîte, ce matin. Vous lisez le français, Steve ?

— Un peu.

— Jetez donc un coup d'œil là-dessus.

C'était une lettre adressée au capitaine « chef » du cimetière américain, non affranchie et probablement glissée dans la boîte par l'un des ouvriers jardiniers.

Écriture épaisse et tombante : *Monsieur le Capitaine chef Mason, ma santé va pas fort, si vous plaît venez me voir, j'ai des choses importantes que je peux pas dire dans une lettre. Ça va pas fort. Je veux libérer ma conscience avant. Salutations distinguées respectueuses. Amédée Delouis.*

— Qu'est-ce que vous en pensez, Steve ? Vous connaissez le bonhomme mieux que moi…

Reilly soupira. Parler service le soulageait.

— Je l'ai toujours soupçonné d'avoir mis des larves de hannetons…

— Je sais. Et je le soupçonne aussi d'avoir falsifié des certificats médicaux pour tirer au flanc. Curieuse chose que cette conscience qui se réveille juste avant de mourir ! Avez-vous lu Balzac, Steve ?

— Heu…

— Et Maupassant, voyez-vous ? Des auteurs français qui ont fort bien rendu le paysan normand… Mais je dois vous avouer que ce genre de confession en direct ne me passionne pas. Après tout, sergent, vous le connaissez bien… Puis-je vous demander d'aller faire une reconnaissance non armée ? Ou bien, laissons-nous simplement tomber ? Qu'est-ce que vous en pensez ?

— J'irai prendre le vent, dit Reilly.

Mason fusa une bouffée de fumée en l'air, désinvolte.

— Je compte sur vous !... Ah ! au fait, mes buddléias ont le puceron. Envoyez-moi Tronelle, s'il vous plaît.

— Je n'y manquerai pas.

— Après le service, bien sûr ! Après le service !

Mason s'éloigna, décontracté. Juste à la haie il se retourna :

— Le tour des fenêtres, Reilly ! N'oubliez pas ! Plus d'araignée !

— Compris ! fit sombrement Reilly.

Il referma doucement la porte. Le rouge de la honte ! Il se sentit redevenir furieux contre cette petite femelle inconsciente... Ne pas la voir maintenant, ça pèterait le feu !

Il décrocha son blouson et sortit, se dirigeant vers l'immense esplanade des tombes.

Les jardiniers avaient fait le plein de leurs engins et, par deux ou trois, ils s'occupaient de leurs secteurs. Machines importées d'Amérique, au fonctionnement doux, sinon tout à fait silencieux, compatibles avec la majesté du lieu.

Le sergent Reilly avait eu l'honneur de faire un stage à Arlington avant de venir au cimetière d'Omaha Beach. Il lui en était resté la haute conscience du gazon absolument irréprochable. Chasse féroce à l'ignoble pissenlit, au sournois laiteron, au vulgaire pâturin ! Mètre par mètre, d'un bout de l'année à l'autre, le gazon était ausculté, tondu, noyé, roulé, piqué... Pas une trace de mousse aux endroits d'ombre ! Pas la moindre éclaircie aux surfaces brûlées par le soleil de juillet et d'août ! Les bords nets ! La tonte au ras des croix !

Dans le ronronnement des machines qui se croisaient dans les diagonales comme un savant carrousel, tous les hommes avaient conscience qu'un bon tondeur ne s'improvise pas !

Reilly s'approcha dans la pétarade veloutée. Tous les matins il assistait au travail, sans rien dire. Mentalité de grand chef, plus sensibilisé aux réactions de l'ennemi (le gazon), qu'au travail de ses hommes.

De temps en temps, il piquait son regard sur une pousse quasi imperceptible, un peu plus jaune ou un peu plus rouge qu'il ne fallait…

— Tronelle ! Pétit maoveuse herbe ici, pas nômale !

Et Tronelle arrivait avec son couteau, extirpait la racine de liseron, de marjolaine ou de coquelicot guère plus longue qu'un ongle.

— Sacré vacherie, sergent !

Mais ce matin-là, le sergent Reilly ne voyait rien. Le rideau devant lui passait du rouge au mauve, de la colère ardente au mélancolique chagrin. Tout s'éclairait d'un coup ! Mille symptômes qu'il n'avait pas remarqués, et brusquement il avait des doutes, mais des doutes !... Il était cocu !

Une petite femme qui, en quelques semaines, renouvelle complètement ses dessous, qui se découvre brusquement une série de « cousins » de qui elle reçoit des coups de téléphone à toute heure du jour et, presque, de la nuit… La petite

Dauphine toujours en vadrouille, à Bayeux, à Caen, ou ailleurs, alors qu'auparavant elle avait une sainte horreur de conduire…

— Sergent ?

Reilly émergea de sa rumination. C'était Tronelle.

— C'est pour savoir si vous irez chez le père Delouis.

C'était peut-être ce qu'il avait de mieux à faire, cela lui changerait les idées.

— Je vais, tout à l'heure, dit-il.

Tronelle était un petit bonhomme d'une cinquantaine d'années, l'œil vif et la moustache gauloise, l'haleine de dragon du buveur de « goutte », qui savait faire rendre le maximum à l'emploi, mais qui avait le mérite de fournir réellement du travail.

— C'est l'histoire du fumier, dit-il. Je veux pas que ça vous inquiète. C'est pour vous dire que je peux bien vous en trouver du sacrément aussi bon !

— Nous verrons…

— C'est que ça presse, dit Tronelle. Si vous allez chez le père Amédée, peut-être bien que vous allez trouver le fils Fernand qui vient d'Isigny… Il sera venu à son lit pour rien perdre, dame ! Encore que c'est pas lui le pire. Le pire, c'est Antoinette, la bru ! Peut-être ben comme ça qu'ils voudront des promesses pour continuer le fumier, que ça leur ferait un sacré bon débouché, tiens !... Alors, c'est simplement pour vous dire,

Sergent, que faudrait pas vous laisser faire par les gens d'Isigny ! Je suis comme qui dirait de la maison, maintenant. Je sais juste les fumiers qu'il faut pour ici, point trop secs et point trop lourds... N'aurez jamais d'histoire avec moi ! Vous me connaissez, sergent ! Tandis que le Fernand Delouis, et sa femme que c'est encore pire, ça voudra seulement tirer du profit. Ça n'a point de respect comme nous pour les pauv'gars qui dorment ici ed'leur dernier sommeil !

— Je vous rémercie, dit patiemment Reilly. Les foumières c'était le capitaine qui s'occupait.

— Bien sûr, sergent, s'obstina le petit homme. Mais peut-être ben que si vous dites un mot au capitaine, ça pourrait arranger mes affaires...

Et il ajouta, plus vite :

— C'est pour vous dire, sergent, que vous n'aurez pas affaire à un ingrat. Je n'ai jamais pu savoir comment ça s'arrangeait entre vous et le père Delouis, mais comme je le connais, il ne devait pas être bien généreux !... Tandis qu'avec moi, n'avez qu'à me dire le pourcent que vous voulez, c'est comme si c'était dans votre poche ! On peut bien s'entendre entre gens qui savent la vie.

Un instant, Reilly eut envie d'écraser le petit Normand puaillon sous sa grosse patte, puis la colère passa, rapide. Sujet mineur.

— Vous m'ennouyez. Les pétits françaises caombines pour toucher l'âgent am'ricaine... Peut-être je save pas la vie, mais je pas prise un centime sur les foumières ! Et je même jamais travailleur avec mon beau-père horticoultoure à Bayeux, pasque je n'aime pas caombine ! Soldats am'ricains se faire touer ici pour lib'rer le France, et pas pour pétit caombine foumière !

— Eh bien, voilà comment il faut parler, sergent ! fit Tronelle en se mettant la main sur le cœur. Moi, si je pouvais vous le donner, mon fumier, ah ! là, là !... On n'en fera jamais assez pour tous ces gars-là !

Était-ce la soudaine révélation de l'attitude de Claudine ? Pour la première fois, peut-être, depuis qu'il était là, Reilly eut la très nette impression que tout le monde se foutait de lui ! Tout le monde ! TOUT LE MONDE le prenait pour ce qu'elle avait dit : pauvre type !

Oui, irréductible couillon, découvrant soudain qu'il était l'objet d'un faux amour, d'un faux respect, d'une fausse considération.

Ça venait de péter d'un coup dans son cerveau... Ses inférieurs, sa femme, son supérieur... Tout le monde se foutait de lui !

C'était intenable !

— Vous pouvez retourner à votre travail ! fit-il.

Il venait de décider que les gazonniers se passeraient de sa présence.

III

À Saint-Laurent, Reilly engagea sa Dauphine grise dans le chemin de terre qu'on lui avait indiqué.

Et presque aussitôt entre les noisetiers, il vit venir les deux enfants de chœur et l'abbé Le Barbenchou.

Il n'assistait jamais à la messe, mais il connaissait le curé de Saint-Laurent-sur-Mer qui lui avait fait un catéchisme-express, à quatre ans de là, au moment de sa « conversion » au catholicisme pour épouser Mlle Claudine Deshaies à la cathédrale de Bayeux.

Il arrêta la voiture par politesse. L'abbé le reconnut et comprit la raison de sa présence sur ce chemin de ferme isolée.

— Notre ami vient de « passer », renseigna-t-il. La famille est là. Vous tenez vraiment à le voir ?

La façon de poser la question était conseil à ne pas y aller.

— Vous pensez pas ioutile ?

— Nous sommes bien à dix minutes à pied du presbytère, fit le curé avec une espèce de rancœur. Ces gens sont venus me chercher, mais ils ont l'air de trouver tout naturel que je m'en retourne à pied.

— Je vous prie, montez ! décida Reilly. Je vous ramène.

Puisque Amédée Delouis était mort, il n'avait rien à faire à la ferme.

Le curé s'installa à côté de lui ; les enfants à l'arrière. Reilly roula encore jusqu'à une entrée de champ clapoteuse et boueuse pour faire son demi-tour.

Il connaissait le paysage typique des pré-vergers entourés de haie-vive, avec la dramatique silhouette des grands peupliers du Bessin, déchiquetés jusqu'à la hampe, comme autant d'héroïques drapeaux de légendaires fortins écrasés par la mitraille ennemie.

On pouvait voir des toits de chaume, de tuile et de tôle rouillée dans une échappée.

— C'est là, renseigna le curé. Probable que les héritiers vont vendre. Et pas seulement ça. À ce qu'on dit, le père Amédée avait du bien au soleil !

Reilly n'avait aucune intention de se porter acheteur. Il roula vers le village, s'arrêta devant le presbytère, déposa l'abbé et ses garçonnets.

Il ne savait pas quoi dire au curé. C'était un homme aux cheveux blancs, trapu, pas très propre, mais au regard candide et franchement bon, devant qui il avait toujours éprouvé la vague répulsion qu'on réserve aux crapauds… Peut-être à cause de la soutane, cette espèce de chienlit folklorique ?

Il allait repartir, l'abbé l'arrêta.

— Très pressé, sergent ? Vous prendrez bien un verre ?

Pourquoi pas ?... Le curé avait peut-être entendu le père Amédée en confession ? Qui sait si le vieux scélérat repentant n'avait pas manifesté le désir de rembourser des sommes indûments soustraites au Trésor américain ?

Une partie du presbytère avait été reconstruite en pierres blanches bien appareillées. Reilly connaissait la cour et le bureau déjà patiné, à odeur de vieille pipe et d'urine de matou.

Déjà l'abbé Le Barbenchou sortait le carafon de goutte et deux verres aux bords douteux.

— Comment va la jeune Mme Reilly ?

— Très bien, je vous remercie.

Le sergent regardait avec anxiété le liquide brun qu'on versait dans son verre. Il était connaisseur et savait que le calva ne supporte pas la médiocrité. Bon (et il en avait du bon par son beau-père), c'était vraiment l'échappée devant le peloton. Mais dès que ça cessait d'être supérieur, ça méritait tout juste l'emploi de tue-herbe.

Il renifla avant de boire. L'abbé cligna de l'œil, malicieux.

— Pouvez y aller, c'est de la bonne !

C'était en effet de la vraie goutte de curé, choisie, pesée, fûtée, décantée, toute fruitée, toute chaude et toute légère. Reilly claqua la langue et montra par sa mimique, qu'il appréciait.

— Hein ! appuya Le Barbenchou. N'a pas le goût de queue de marmite, celle-là ! C'est de la qu'est faite « pou'l'maître », comme on dit par ici… Eh bien, je m'en vais vous dire, sergent : c'est un cadeau du père Amédée. Voyez que tout homme a son bon côté, quand on veut bien chercher.

Reilly se souvint que, chaque année, le père Amédée lui vendait un litre de calva, avec des mines de conspirateur. Presque aussi cher que dans le commerce et ça se révélait tord-boyau de dernière qualité, juste bon à déboucher l'évier.

Il s'en sentit rétrospectivement méprisé, bassement trompé.

— Je reuspecte les maorts, pas dire du mal ! fit-il froidement. Peut-être, monsieur l'eubbé, vous savez pourquoi le père Delouis me faire dire que je viens ?

— Oh ! fit Le Barbenchou avec une espèce d'étonnement candide… Oh ! oh ! sergent ; mais vous avez fait des progrès immenses !... On voit que vous avez épousé une Française ! Vous vous exprimez presque sans accent.

— Je défends un peu, convint modestement Reilly.

Il avait posé sa question. Si l'abbé ne voulait pas y répondre, tant pis !

Le Barbenchou avait rapproché ses sourcils en broussaille, plissé les yeux comme pour faire disparaître le blanc de ses rides…

— Je n'ai pas entendu le père Delouis en confession, fit-il. Mais sûr qu'au moment de comparaître devant le Bon Dieu, cet homme est inquiet.

Reilly voulut montrer qu'il n'était pas dupe. Après tout, il ne pouvait plus faire de mal à un mort.

— Je crois il met euxpress des hannetons dans le foumière.

— Peut-être, admit Le Barbenchou en écartant de la main ce péché véniel. Voyez-vous, sergent, il ne m'a pas appelé. J'ai été le voir tout à fait par hasard au début de sa maladie… Et quand ils sont durs comme lui, moi, je n'ai qu'une chose, c'est de leur faire peur ! Eh ben, je lui ai dit de faire bien attention, et que question d'entrer au Paradis, c'était bernique ! Parce qu'à l'entrée du Paradis, il trouverait des vaches !... Vous ne voyez peut-être pas ce que je veux dire, sergent ?

— Non, dit Reilly.

Le curé avait l'air un peu embarrassé, jaugeant l'homme. Il tâta, prudent :

— À ce qu'on m'a dit hier après-midi, il aurait écrit au capitaine.

— Oui, dit Reilly.

— Et vous… vous ne savez pas ce qu'il a écrit ?

— Le capitaine me donne la lettre. Il demande au capitaine venir le voir. Le capitaine me dit à moi d'aller.

— C'est tout ? Vous avez lu la lettre ?

— Je lis la lettre. C'est tout.

Le Barbenchou parut rassuré et soupira.

— On ne sait pas ce qui se passe dans la tête d'un homme, voyez-vous... Sergent Reilly, si je peux poser la question, on vous a évacué à quelle date ?

— Le 7 juin, apreus-midi, récita Reilly comme une fiche clinique. Navire-hôpital, Portsmouth deux mois, pouis Centre Rééduquécheune Johnson.

— Vous vous êtes magnifiquement conduit, approuva l'abbé, un peu officiel. Et maintenant vous avez fait, vous et vos collègues, une chose magnifique de ce cimetière d'Omaha Beach, avec des fleurs, des oiseaux, des statues, une piscine, des croix bien alignées, sans oublier la chapelle... Mais voyez-vous, sergent, le 7 juin 1944, lorsqu'on a évacué les blessés, on n'a pratiquement pas touché aux morts. Ni le lendemain, ni même le surlendemain... J'ai tout le respect pour les morts, sergent, croyez-moi ! Seulement j'ai encore dans le nez l'odeur d'une plage de débarquement au bout de quatre jours...

Il s'était levé. Pas envie de rire.

— C'est qu'il y avait vos morts, et puis les nôtres, et puis les Allemands, et puis le bétail. Ça faisait bien du monde, sergent ! Faut voir ça comme c'était à l'époque ; pas comme c'est maintenant.

Il vida son verre de goutte, comme pour se donner du courage, eut un coup d'œil vers la carafe et le verre à peine entamé de Reilly.

— J'ai vu de ces choses qu'on raconte pas, sergent ! Même votre Armée, je peux dire, elle se foutait ben des morts ! Je te les ai vus monter par les Moulins avec un bouldozère, que ça vous déblayait tout ça d'un coup, les morts avec !... Je sais bien qu'on ne tue pas deux fois les gens, mais ça fait quand même queuque chose ! Il y avait de ces coins qu'on pouvait même seulement plus approcher, même avec un mouchoir sur le nez avec du chimique dedans. Voilà, c'est comme ça qu'il faut voir les choses pour ce que je vais vous dire.

Le curé Le Barbenchou avait soudain de l'autorité, la voix franche et directe. Reilly comprit qu'il allait parler métier.

— Ce qu'on me dit en confession, sergent, ça ne sort pas de là. Même si c'est blasphème et sacrilège. Tous ceux qui sont venus à confesse, je leur ai donné le pardon du bon Dieu. Mais le père Amédée n'est pas venu et le bon Dieu n'a pas pu lui pardonner, pour les grosses saloperies qu'il a faites. Sergent Reilly, vous êtes catholique, n'est-ce pas ? Est-ce que vous voulez m'aider à sauver l'âme de ce pauvre homme ?

— Moi ? s'étonna Reilly.

— Sûr ! C'est votre pardon qu'il voulait. Parce que si vous lui pardonnez ça serait plutôt bon pour lui.

— Oh ! fit Reilly légèrement agacé. Volontière je pardonne. Les pétis caombines aux asticotes pas beaucoup d'importance.

— Il s'agit d'autre chose que d'asticots dans le fumier, fit gravement le prêtre. Amédée Delouis était un homme au cœur endurci. Mais le fait qu'il vous ait appelé à son lit de mort me prouve qu'il faut toujours espérer jusqu'au bout.

Reilly n'avait pas l'esprit tellement religieux. Il écoutait avec lassitude en se disant qu'il payait son verre de goutte. Tant qu'à faire il le vida d'un trait ; mais Le Barbenchou qui tournait de plus en plus au curé en chaire ne remarqua pas l'appel du verre vide.

— Y a bien fallu se dépatouiller avec les cadavres, sergent. C'est que votre Armée ils nous y ont mis, nous les hommes de la paroisse, avec les prisonniers allemands. Et vous, les Américains, vous y avez pas touché beaucoup ! C'est pas reproche que je vous fais, sûr : déjà que vous avez fourni la matière première ! Seulement nous, avec les Boches, il y avait moyen de s'arranger pour qu'ils emmènent tout ça le plus loin possible de chez nous… Ça s'est fait comme ça, sergent. Nous fallait qu'on retrouve nos morts et notre bétail. Ben, pour les cadavres, ça allait encore ; mais pour les charognes, il y a bien des hommes qui se sont arrangés avec les prisonniers pour enlever ça dans les couvertures américaines.

Il prit un temps, regarda le sergent droit dans les yeux.

— Eh bien, les vaches du père Delouis, elles sont enterrées dans votre cimetière, sergent ! Un peu dans la couverture de l'un, un peu dans l'autre, je sais dame point sous quels noms ! Et mélangées avec la tête à qui… Mais je sais bien que voilà des bêtes à cornes sous des croix de chrétiens !

Il avait l'air ému.

— Voilà, sergent ! C'est blasphème et sacrilège. Moi, je demande au bon Dieu de pardonner, tous les matins à ma messe. Alors vous êtes pas le bon Dieu, sergent, et je me permets de vous demander aussi de pardonner.

Reilly n'avait guère d'illusions sur la façon dont l'Armée avait pu traiter les cadavres. Et il était bien placé pour savoir que les croix alignées, le gazon impeccable, la bannière étoilée, les mots IDÉAL, VALEUR et PATRIE gravés sur le Mémorial et le grand Agénor au coup de pied à la lune ne recouvraient qu'une immense fosse commune… Du bidon pour les familles !

Mais le coup des vaches, il ne l'avait jamais soupçonné. Et, parce qu'il éprouvait du ressentiment pour Claudine, ce matin-là, il trouva cela aussi normand, aussi français, aussi dégoûtant que le croissant trempé dans du café au lait. Il eut un raclement de gorge écœuré et balaya d'un geste de main…

— Beuah !

— Vous pardonnez, n'est-ce pas ? Sergent Reilly, priez avec moi pour une âme qui se débat aux portes de l'Enfer.

— Pas envie prière, envie foutre pied au cul saligaud, tant mieux qu'il est crévé !

Le curé leva le doigt :

— … Comme je pardonne à ceux qui m'ont offensé !... N'oubliez pas, mon fils. La loi divine ! Ce n'est pas à nous de juger les hommes.

— Je jouge pas, je pâdonne pas ! cria Reilly en violaçant. Bien meilleur que soldats am'ricains mélangés de vaches, ploutôt mélangés personnes déguélasses !

Il se leva, furieux. Brusquement il se souvint de la curieuse manière qu'avaient les gens de par ici de prononcer Omaha, en le traînant, en le veulant jusqu'à en faire un meuglement : Omeuheuuu !...

Ouvertement ! Tout le monde se foutait ouvertement de lui !

— Déguélasse ! répéta-t-il.

L'abbé prit un visage d'apôtre, dégoulinant de bonté.

— Sergent Reilly, tout cela s'est passé il y a bientôt vingt ans. Il est temps de pardonner.

— Je pardonne si je fous d'abord mon main sur le guiole ! hurla Reilly. Peuve pas foute mon main sur la guiole d'oune maort. Mais je veux les noms autres saligauds qui se moquent l'Armée am'ricaine depouis vingt ans !

— C'est impossible, dit Le Barbenchou, très digne. Secret de la confession.

Hors de lui, Reilly l'empoigna par la soutane, le soulevant presque de terre.

— Je veux les noms saligauds !

— Vous pourriez me tuer que je ne dirais rien, fit l'abbé avec une grande sérénité. Remettez-vous, sergent !

Reilly le lâcha. Le curé passa derrière son bureau, se défripa un peu.

— Je comprends votre réaction, sergent, c'est celle d'un homme d'honneur. Tout ce que je peux vous dire, c'est qu'on n'a même pas besoin des doigts d'une seule main pour compter les coupables encore vivants. Et je vous donne ma parole de prêtre qu'à ma connaissance pas un des hommes que vous employez au cimetière…

Il n'osa plus évoquer le fait lui-même. Il appuya seulement avec force :

— Aucun !

— Mais tous ils savent et tous ils se foutent de moi ! grogna le sergent.

— Je suis maladroit, dit le prêtre. Peut-être n'aurais-je pas dû y faire allusion.

— Meilleur vous fait allousion quand vous fait le catéchisme à moi, dit Reilly. Alors je fous père Delouis à la pôte ! Maintenant je peux plous je fous à la pôte ! Monsieur l'eubbé, l'honneur de vous salouer !

Et il sortit avec une grande dignité.

Il lui semblait qu'il était porteur d'une nouvelle terrible qui allait faire boum dans les relations internationales !

Bondit au volant, démarre, passe les vitesses ! La petite route de Saint-Laurent à Colleville est farcie de virages aveugles ! Les prend à quatre-vingt-dix ! Furieux ! Ça ira loin ! En référer au supérieur ! Immédiat ! Se passera pas comme ça !

La route qui menait au cimetière se trouvait à gauche, à l'entrée du village, et tout de suite on était en territoire américain, un autre monde, sinon l'Au-delà. Bords tondus et ratissés, revêtement de haute qualité et parking signalisé.

Les portes étaient ouvertes, mais il n'y avait pas encore de visiteurs. Reilly fonça, laissa la voiture devant le bureau de Power, le portier.

— Le capitaine est chez lui ?

— Oui, je pense.

Il foula le gravier, aussi raide que s'il portait la bannière. Il cogna à la porte, trépignant… Il allait EXIGER le renvoi immédiat de tous ces salopards qui prononçaient exprès « Omeuheuuu » ! On irait chercher des ouvriers en car, à Bayeux, à Caen, à Paris !

Il entendit la musique assourdie, flûte et piano, couverte par le bruit de l'aspirateur que passait la femme de ménage au salon. Il entra. Pas besoin de dire un mot. Pouce renversé, Mme Couliboeuf lui indiqua le sous-sol.

Aucune raison de service ne permettait de pénétrer dans les appartements privés de Mason. Mais, porté par l'indignation, Reilly n'hésita pas. Il descendit les marches, frappa pour la forme, ouvrit la porte.

Les flots d'harmonie éclatèrent comme la poussière de l'aspirateur qu'on débouche. Puis, comme désamorcée, la musique s'arrêta, piano d'abord, puis la flûte.

C'était Norah Mason qui jouait de la flûte. La bringue à lunettes, aux péniches à angle droit, dont l'une battait la mesure ; elle avait, paraît-il, de la renommée : soliste de concert, championne du flageolet. Elle se produisait dans des galas, la plupart du temps accompagnée par son époux qui avait un joli talent de pianiste. Ménage d'artistes !

— Eh bien ? fit Mason avec un reproche amusé.

La grande Norah agita vaguement la main.

— Pourrais-je vous voir un instant, capitaine ?

Mason se déplia, alluma ses yeux jaunes et s'ébrécha d'un sourire ironique et hautement désabusé.

— Voyons ça !

Mais il ne bougeait pas, obligeant le sergent à parler devant son épouse.

— Je préférerais, capitaine…

Mason soupira, plaqua un accord.

— Bien sûr, Steve… Allez, mon vieux, vous pouvez parler devant Mrs. Mason.

— C'est que… c'est extrêmement grave, capitaine.

— Évidemment ! fit Mason, ennuyé.

Passant près de sa femme, il lui caressa une fesse, désinvolte, comme pour lui dire qu'il revenait tout de suite.

— Allons-y, mon vieux !

Il poussa le sergent devant lui, et ils se retrouvèrent au soleil sur le gravier.

— Le père Delouis est mort, annonça Reilly. Mais j'ai vu le curé de Saint-Laurent. J'ai appris qu'il y a dix-neuf ans le ramassage des corps et l'inhumation provisoire ont été faits avec un certain manque de respect, capitaine. Notamment le père Delouis s'est permis d'introduire dans les ayant droits, des éléments qui ne devraient pas y figurer.

— Tiens ? Et quels éléments ?

— Des éléments de race bovine, capitaine ! Ces salauds-là ont foutu leurs charognes avec nos morts !

— Tiens, tiens ! répéta Mason, dont les yeux jaunes viraient au plein phare et dont le sourire s'accentuait. Voulez-vous dire que nous rendons les honneurs aux vaches du père Delouis ?

— Exactement, capitaine ! Et j'ai tout lieu de croire que les hommes de Colleville et de Saint-Laurent sont au courant ! Il y a des sanctions à prendre. Je propose le renvoi immédiat !

— Oui ? fit Mason qui avait l'air de jubiler. Solution radicale, mais un peu tardive, et tout à fait inadéquate.

Il savoura, quasi béat de rire rentré.

— Oh ! les vaches... ! Mais, sacrebigre, c'est pourtant bien gros, une vache ! Avec une tête caractéristique ! Qu'est-ce que vous me racontez là, sergent Reilly ?

— La vérité, capitaine !

— La vérité ? Vous voulez dire que vous avez vu ces vaches ?

— Non, capitaine, mais le curé...

— Le curé est un farceur, sergent !

— Je ne pense pas, capitaine !

— Si ce n'est lui, c'est le père Delouis qui a voulu se rendre intéressant.

— Je vous assure, capitaine...

— L'incident est clos, sergent. Vous lisez les romanciers français, je crois ?

— Heu… Assez rarement…

— Alexandre Dumas, il me semble. Auteur très fécond qui écrivait des romans-fleuves et qui, lorsqu'il était éreinté par la critique, disait : on peut pisser dans un fleuve, aucune importance !... Pas plus d'importance, sergent, que de saigner du nez dans un abattoir. Le pire est passé, sergent, il faut nous y faire. Ou alors, il faudra prendre l'avis des douze hommes de votre escouade qui y ont laissé leur peau. Mais les morts ne font jamais d'histoires, surtout dans les cimetières militaires.

Le sergent Reilly blêmit un peu.

— Capitaine, je pense que notre devoir est de faire respecter la mémoire de ceux qui sont tombés pour que…

Mason coupa, soudain glacial.

— Si vous croyez nécessaire, sergent, de trier douze mille tibias et autant de fémurs pour respecter la mémoire de nos morts, veuillez m'établir un rapport en conséquence et un exposé de financement des travaux !

Reilly se mit au garde-à-vous, rageur.

— Compris ! Il n'en sera plus question, capitaine !

Il salua, fit demi-tour. Mason le rappela :

— Sergent !

— Capitaine ?

Mason s'était humanisé d'un coup, les yeux jaunes tournant au bronze des boutons de veste de chasse, presque copain.

— Steve, mon vieux, je m'attendais à autre chose… Vous n'avez pas croisé Claudine ?

— Claudine ?

— Elle est passée nous faire ses adieux, dit Mason avec une réelle sympathie non exempte de lucidité. Il paraît que ce climat n'est pas bon pour elle et que nous ne la reverrons plus. J'en suis sincèrement désolé, Steve.

Reilly prenait le coup en pleine poitrine.

— … la reverrons plus… Mais quoi ? Elle est partie ?

— Il m'a semblé que quelqu'un l'attendait en voiture. Probablement un cousin. Je n'ai pas posé de question.

— Bien sûr, bredouilla Reilly… Claudine doit passer quelque temps chez ses parents, à Bayeux…

— Bien sûr ! fit Mason avec cordialité. Elle est jeune, Steve. Bien jeune ! Ne vous inquiétez pas. Norah vous prêtera bien de temps en temps, Mme Couliboeuf pour tenir votre ménage.

— Merci, fit machinalement Reilly.

Il bondit jusqu'à son pavillon. Claudine n'était pas là…

Il y avait une enveloppe sur la table, sans nom, sans rien, mais cachetée. Il l'ouvrit. Écriture de Claudine. *Mon pauvre vieux, qu'est-ce que tu veux, il fallait bien que ça finisse un jour, c'est pas que tu es le mauvais cheval mais entre nous deux ça n'allait plus bien fort…*

Steve Reilly ne lut pas plus loin. Il prit un verre, le mit sous la bonde du petit tonnelet de calva en chêne ciré cerclé de cuivre… Comme à Oran ! Comme au camp de Dartmoor quand il avait le cafard ! Comme à Johnson (Kansas) quand il était écœuré par la lourde animalité de Molly ! Comme chaque fois qu'il se trouvait coincé dans une fissure en impasse, il fonça tête baissée dans le seul remède possible : la cuite à mort !

IV

Condoléances à la porte du cimetière de Saint-Laurent, infiniment moins grandiose que la nécropole militaire.

Les Delouis d'Isigny étaient seuls à mener le deuil du père Amédée mais tout le village avait suivi et passait en rang d'oignons pour serrer la cuiller.

L'absence des autorités du cimetière américain avait été remarquée. Mais les jardiniers d'Omaha s'étaient fendus d'une collecte, arrondie par le capitaine Mason et qui donnait une couronne convenable, avec banderolle rouge aux lettres dorées : *À notre collègue du C.M.A.*

Les Delouis n'étaient pas gras, mais ils avaient du ressort. Et le fils Fernand était la réplique du père Amédée, à vingt ans près. Cuisses courtes, poitrail bombé, visage tanné et l'œil en vrille, mais généralement plus soigné. Fernand vivait son époque, roulait dans sa 403 noire commerciale de coquetier, à vague allure de corbillard, et promenait une femme et des enfants gueulards et bien nourris.

Antoinette avait fait toilette pour le deuil du beau-père : tailleur noir un peu cintré qui lui avantageait la fesse et galette à voilette pour la cérémonie.

L'une des filles avait un vague air Fenouillard ; l'autre qui attrapait quinze ans avait le nez cerclé d'acné juvénile qui lui donnait le faciès léonin de la myxomatose.

Condoléances brèves des gens du village.

— Eh ben, alors, salut !

— Merci.

— Eh ben, voilà ce que c'est !

— Merci.

Fernand Delouis était distrait. Il avait de temps en temps des coups d'œil vers Antoinette, parfaitement au diapason. Ils observaient ce couple qui venait d'entrer au cimetière, des gens d'une quarantaine d'années qui s'étaient dirigés discrètement vers la tombe et avaient déposé un petit bouquet.

— Tu crois que c'est « ça » ?

— Ce se pourrait peut-être… Mais ils ne sont même pas en deuil ! se scandalisait Antoinette.

— Va donc voir en douce ce qu'il y a d'écrit sur leur bouquet.

Josette s'était éloignée, avait viré un peu autour de la tombe ouverte tandis que le défilé des condoléances continuait lentement. Elle était revenue près de sa mère pour prendre sa part de quadruples bises et de « Ben, ma pauvre ! »…

— Y a rien d'écrit !

Les gens du pays avaient aussi des regards obliques vers les étrangers. On savait déjà qu'ils sortaient d'une deux-chevaux immatriculée 77 ; ce n'était pas du monde de par ici.

Le couple se sentait épié. La femme avait une veste vague à petit col en fourrure de nylon, les mains dans les poches, un peu frileuse comme quelqu'un qui a voyagé depuis l'aube.

À côté d'elle l'homme paraissait grand, visage rasé, épaules larges et ventre plat dans un peigné feuille morte un peu fripé par le voyage.

Comme s'il ne désirait pas rester trop ostensiblement en arrière, l'homme proposa à voix basse :

— Allons-y !

Le défilé des serreurs de mains et des bécoteuses touchait à sa fin ; le couple arriva juste à temps. L'homme alla tout droit vers Fernand, lui tendit la main :

— Merci de m'avoir prévenu. C'est moi Georges.

— C'est moi Fernand, dit Fernand.

— Voilà ma femme, présenta Georges.

— Voilà la mienne, dit Fernand.

— Madame !

— Madame !

C'était comme un round d'observation dans les sourires tristes de circonstance.

— Comme ça, vous avez reçu le faire-part, dit Fernand.

L'autre avait une tête de plus que lui, mais il ne levait pas les yeux, fixait droit devant lui la cravate, comme un petit bonhomme à personnalité, ignorant tout ce qui dépassait.

— Nous sommes partis ce matin de bonne heure, dit Georges.

Antoinette lui trouva quelque chose dans sa façon de parler. Peut-être l'accent de Seine-et-Marne ?

Les deux filles non présentées regardaient surtout l'homme grand et bien découplé, aux tempes à peine argentées, tandis qu'Antoinette détaillait la toilette de la femme : veste taillée dans un trois-quarts, avec un col visiblement rajouté, mais le lainage avait l'air de bonne qualité.

— Eh bien, dit Fernand comme un reproche, y aura fallu ça pour qu'on se connaisse !

— Restons pas là comme des piquets devant tout le monde, conseilla Antoinette. Peut-être bien que Georges voudra bien venir un peu causer à la maison ?

Georges sourit et écarta les bras, d'un air de dire qu'il était là pour ça.

Fernand se décida. Ils sortirent ensemble du cimetière, dignes comme des « personnes de la famille ». La mère Josse agrippa Josette au passage :

— Qui c'est-y ces gens-là ?

— Je sais pas, dit Josette. Des parents. On les a jamais vus.

— La dame serait-y pas du côté de ta grand-mère Lehoussain ?

— Ça doit être ça, convint Josette, ignorante et indifférente.

Fernand jeta en passant un coup d'œil sur la deux-chevaux à peu près neuve.

— Je vais passer devant pour vous montrer le chemin.

— D'accord ! dit Georges.

Il se mit au volant, sa femme à côté de lui, attendant que la famille Delouis s'installe dans la 403.

— J'ai le cœur qui bat, souffla la petite femme. Tu reconnais quelque chose ?

— Rien !

Des gamins du pays venaient les regarder effrontément par le pare-brise, avec des questions entre eux au sujet du numéro 77… La 403 démarra, et Georges suivit, quittant bientôt la route pour s'enfoncer dans le bocage et les chemins encaissés où les branches de noisetiers giflaient la capote. Odeur de bouse mêlée aux gaz de la voiture qui les précédait.

Ils arrivèrent dans la cour de la fermette. Bauge de vieil homme, avec poulailler, clapier, bûcher et mare aux canards. Dans le potager choux-patates-poireaux, il y avait un coin de rosiers magnifiques et un grand magnolia fleuri. Mais la maison elle-même était laide et triste, très vieille chose lézardée, recimentée par l'habitant, avec des bouchons de pisé et des gouttières rafistolées.

L'intérieur était lugubre et sentait la poussière et le feu de papier ; coup de fion après la levée du corps.

— Eh bien, voilà ! dit Fernand. Vous étiez jamais venu ?

— Jamais, dit Georges.

— Faudrait peut-être bien qu'on se tutoie, proposa Fernand.

— Volontiers.

Antoinette arrêta son époux comme s'il allait parler trop vite ; elle tenait à éloigner les deux filles.

— Dites donc, les petites, allez voir faire un tour au soleil !

Les gamines ne demandaient pas mieux et les deux couples restèrent en présence… Gêne manifeste. La petite femme de Georges demanda décemment de quoi était décédé le défunt.

— Une attaque ! fit évasivement Antoinette dont les os du bassin marquaient le tailleur cintré.

— Ah ! sacré bon Dieu, dit soudain Fernand. Sacré bon Dieu j'y crois pas encore ! Vingt dieux ! tu sais donc pas écrire ? Qu'il faut que j'attende d'avoir quarante-cinq ans pour apprendre ça !... Ah ! dame, je suis franc, moi ! Ç'aurait pas été du notaire, eh bien, je te prévenais même pas ! Et avoue donc que tu mérites pas autre chose !

Georges fit une mimique, mais ne répondit pas, comme s'il avait la gorge contractée. Sa petite femme parut voler à son secours.

— Georges croyait que le père était mort depuis longtemps.

— Exact ! confirma brièvement Georges.

— Comment ça se fait qu'il avait ton adresse ? demanda Fernand. Vous étiez en correspondance ?

— Quand nous nous sommes installés, il y a une dizaine d'années, nous avons envoyé des cartes à tout le monde, reprit la petite femme.

— Pas à moi ! tonna Fernand. En tout cas, quand j'ai trouvé le livret de famille du vieux et que je me suis réveillé avec un frère cadet que j'avais jamais vu, ça m'a fait pire que la mort du père et de la mère !

— Vous ne ressemblez ni du côté Delouis, ni du côté Lehoussain, attaqua Antoinette. Le frère... c'est facile à dire, comme ça, au moment d'un héritage ; seulement faudrait le prouver !

Georges haussa les épaules et soupira, comme fatigué.

— Prouver quoi ?... Voulez-vous... voir... mes papiers ?

Il avait une voix basse et parlait lentement, comme un homme qui se surveille. Il sortit un étui de cuir de sa poche, en tira une carte d'identité, un extrait de naissance qu'il jeta négligemment sur la table.

— Regardez ! fit-il lentement. Vous n'êtes pas obligés... de croire... ma parole.

Il fit une grimace et toucha sa mâchoire inférieure.

— Ta dent te refait mal ? s'inquiéta sa femme.

Il se contenta de secouer affirmativement la tête. Sans vergogne, Fernand et Antoinette épluchaient la carte d'identité et l'extrait de naissance timbré de la Mairie de Saint-Lô (Manche)... Georges, Gaston, Amédée DELOUIS, né le 12 janvier 1921, de Amédée, Pierre, Octave DELOUIS et de Marie, Valentine, Justine LEHOUSSAIN, mariés...

Bien sûr, des Delouis et des Lehoussain, on pouvait en trouver quelques-uns dans la Manche et dans le Calvados, mais la batterie des prénoms ne laissait aucun doute ; il s'agissait bel et bien du père et de la mère.

— Ah ! ça me les coupe ! répétait Fernand. Ça me les coupe ! D'abord, qu'est-ce qu'ils ont bien été foutre à Saint-Lô ? Mais, y a pas, tu serais bien légalement mon frère !

Il repoussa les papiers, leva le doigt, finaud :

— Légalement ! Parce qu'à franc parler, je sais vraiment pas de qui tu tiens !

Il se tapa dans les mains, furieux :

— La bon Dieu de vieille, la v'là qui nous fout dans le pétrin quarante ans après !

Georges Delouis ramassa ses papiers. Il regarda autour de lui, d'un air un peu dégoûté et s'en prit à Antoinette.

— Question héritage, madame... Je suis... complètement indifférent !

Il se tâta de nouveau la mâchoire inférieure. Mal aux dents. C'était peut-être à cause de cela qu'il n'avait pas fait la liaison « t-indifférent » ? Mais Antoinette avait racorni son visage. Elle pensait vite et loin.

— On dit ça, fit-elle très avertie. Moi, ça me paraît justice. Mais peut-être que, puisque vous êtes d'accord, vous pourriez écrire une « résignation » d'héritage qu'on passerait au notaire. Ce ne serait peut-être même pas utile que vous restiez. Simplement écrire un papier libre…

Elle regarda à son tour la maison d'un air écœuré.

— Évidemment, cette masure, ça fera plus de frais que ça n'en vaut !

Elle mettait tout de même un peu trop d'avance à l'allumage. Même Fernand s'en trouva gêné.

— Attends donc ! Laisse un peu causer ! J'ai jamais pris le bien de personne ; c'est pas de ce jour que ça va commencer !

— C'est ton frère qui dit ! remarqua acidement Antoinette. Il ne s'est pas beaucoup intéressé du vivant de son père, pas vrai ?

— C'est du bien Delouis ! coupa Fernand, tout rouge. T'as pas à mettre ton grain de sel !

Le grand Georges paraissait dépassé, homme calme, pas à son aise dans les gueulements. Il passait d'un pied sur l'autre, le front mouillé. Il tourna un regard désespéré vers sa femme, se toucha de nouveau la mâchoire.

— Janine… veux-tu dire… ?

— Ça lui fait mal, constata Janine. Je peux vous assurer que mon mari est tout à fait désintéressé. Si ce que propose madame est possible, il le fera certainement. Considérez notre présence comme une prise de contact avec une famille qui nous tombe du ciel. Nous n'avons pas fait quatre cents kilomètres pour nous disputer comme des chiens sur un os.

Doucette, la Janine, mais on lui sentait des griffes. Antoinette ne s'y trompa pas, tenta de la neutraliser, suave.

— Ça, je suis d'accord, ma petite. Le bien Delouis, ça ne nous regarde pas ! Ni l'une, ni l'autre ! Pas vrai ? Seulement, vous, on vous dit de causer, et, moi, on me dit de me taire !

— Georges a mal aux dents, excusa Janine.

— Oui ? fit Antoinette tournée vers son époux. Et toi, t'aurais pas mal quèque part, des fois, que je puisse un peu causer ?

Mais Fernand consentait à regarder son cadet, de bas en haut, le détaillant de ses petits yeux vifs.

— Comprends pas ! Suis né en 18, et le père avait dû me fabriquer à une permission de rentrée des foins. Y a pas de doute, je suis son portrait ! Mais pour toi, bon sang, le père était pourtant démobilisé, en 20 ! Je vois pas le bon Dieu de salaud qui serait venu pondre sa graine !... Tu sais quelque chose, toi ? Peut-être le Cliquetot, de Noron, qu'était un grand pas causant ?

— Je... sais pas ! dit Georges.

— Mais enfin, tu as bien été élevé quelque part ?

— Oui, dit Georges qui paraissait souffrir.

Le sol de la pièce était carrelé, avec un coin de lino pourri devant l'évier. Dans la grande cheminée-hotte à la normande, finissait de rouiller une vieille cuisinière. Table jadis repeinte en blanc, chaise de paille… À part une maie de chêne ciré, tout était à cuber au prix du bois de chauffage. Misère pingre, sinistre !

Fernand suivait le regard de son frère qui faisait lentement le tour de la pièce.

— Pas bien reluisant, hein !

Et comme Georges avait l'air absent, Fernand se tourna vers Janine.

— Faudrait peut-être pas vous y fier. Autant vous le dire tout de suite, puisque vous le saurez devant le notaire : le vieux avait du bien ! Ici, c'est quasi rien. Mais depuis qu'il travaille au cimetière, le père a fait des sacrées belles affaires ! Ça, faut que tu saches ! À ce qu'on dit, y aurait des herbages, une maison de plage et un immeuble de ville ! Fernand Delouis, franc comme l'or ! Te v'là prévenu !... Maintenant, signe donc ton papier si tu veux !

— Eh bien, sûr qu'il a changé d'avis, tiens ! défia Antoinette.

Georges se contenta de la fixer, mais Antoinette prit le coup dans les os, comme si au moment où elle allait à dame, quelqu'un flanquait un coup de pied dans le damier. D'où qu'il vienne, le frère Georges, fallait peut-être pas trop se fier à son allure de timide pas causant. On ne l'aurait pas à rebrousse-poil !

Quand il s'agissait d'obtenir, Antoinette savait aussi bien sourire que cracher. Elle devint tout miel.

— Allez, tout ça, c'est l'histoire de dire ! On pourrait penser aller déjeuner ensemble, non ?

— Je vous invite, décida Fernand. On y verra plus clair devant les assiettes pleines, pas vrai ?

Georges leva la main et montra sa mâchoire.

— Oui, fit Janine. Georges craint d'être un bien piètre convive. Sa dent lui fait vraiment très mal.

— On a trois pharmaciens à Isigny, dit Fernand. Et je crois même qu'on a des clous de girofle à la maison. Y a pas mieux pour mettre sur une dent malade !

La Janine avait un air de souris studieuse, avec le nez pincé à la racine, et la lèvre inférieure absorbée qui paraissait servir d'aiguisoir à incisives ; le genre de petite femme sans aspect, mais qui sait toujours parfaitement ce qu'elle veut.

— Ce sera avec plaisir qu'on prendra le café, dit-elle, mais nous déjeunons avec des amis, à Bayeux.

— Ah ! bon, feignit de se vexer Fernand. Moi qui voyais déjà ça sur le journal : « Deux frères se retrouvent après quarante-cinq ans ! » Avec une photo où on se fend la pipe ! Nom de Dieu, c'est quand même pas tous les jours qu'on retrouve un frère !

— Vous venez donc souvent par ici, que vous avez des amis à Bayeux ? demanda Antoinette.

Le beau-frère pas causant lui faisait un peu peur. Il avait l'air d'un drôle d'animal à grosses pattes qui pouvait faire mal, s'il se fâchait. Mais ça n'empêchait pas les coups de bec sur la petite femme ! Qui donc aurait le pas ?

Janine avait l'air d'accepter le combat, faisant face avec le même sourire.

— Je suis dans l'enseignement. J'ai des amis qui ont été nommés un peu partout.

Institutrice, quelqu'un d'instruit… La prudence s'imposait.

— Tiens donc ! Vous êtes maîtresse d'école… Et votre mari, qu'est-ce qu'il nous a dit qu'il faisait ?

— Il n'a encore rien dit, fit Janine. Mon mari est verrier.

Pour montrer qu'il avait compris, Fernand gonfla ses joues :

— C'est toi qui souffle dans les bouteilles ?

— Je fais le… mélange… des colorants, dit lentement Georges.

— Tu tiendrais peut-être bien de Cliquetot, après tout, fit Fernand après réflexion. Il travaillait à la poterie. La verrerie et la poterie, ça se ressemble !

— Peut-être, dit Georges. Je ne sais pas.

Il y avait quelque chose d'indéfinissable, une certaine façon de liquider les « r » et de moduler dans les graves, un peu comme un comédien. Vague idée d'accent étranger, à peine perceptible. Cela tenait sans doute à la dent malade ? Comme quoi les étrangers sont peut-être des gens qui ont mal aux dents.

Antoinette observait. Elle s'adressa directement au beau-frère, lui parlant à la troisième personne, comme elle faisait sur les marchés à la clientèle mâle.

— Alors, comme ça, où qu'il nous a dit qu'il avait été élevé ?

Ce fut encore Janine qui répondit.

— D'abord à Vire, dit-elle. Mais il était tout petit, il ne se souvient pas. D'ailleurs tout cela a été détruit pendant la guerre.

— Et y a-t-il quelque chose qu'il se souvient ?

— Eh bien, il a été ensuite à Saint-Pierre-des-Corps, du côté de Tours. C'est là qu'il a été à l'école.

— Tours, fit Antoinette, c'est que c'est pas par ici ! Qu'est-ce qu'il allait donc faire là-bas ? Et comment vous m'avez dit, le nom des gens chez qui il était ?

Antoinette faisait son enquête, sans pudeur, directe ; mais il était difficile de ne pas lui répondre.

— Hamel ! fit simplement Georges.

— Hamel ! répéta Antoinette. T'as déjà entendu parler de ça, toi, Fernand ?

— Des Hamel, j'en connais, mais pas à Tours.

Antoinette insistait. Elle avait ouvert son sac à main, en tirant un petit agenda avec un crayon miniature sur lequel elle devait noter la mercuriale des beurres et les dates de ses menstruations.

— Et, comment vous avez dit, l'adresse de ces Hamel ? Parce que, si c'est de la famille, pas vrai, on serait bien content de leur écrire un petit mot !

— Ils sont morts… bombardement 44 ! dit lentement Georges.

— Pas de chance, fit Antoinette en rengainant son carnet.

Fernand réfléchissait, congestionné.

— Hamel, je vois point, ni de près, ni de loin dans la famille. Mais, bon Dieu, si t'es pas de notre sang, je me demande un peu pourquoi le père t'a reconnu !

Les deux filles frappèrent au carreau.

— On peut entrer ?

Sûr que la maison ne les attirait pas, mais elles étaient curieuses.

— Regardez donc ! fit Antoinette. Elles crèvent d'envie de savoir qui vous êtes !

— Allez ! les invita Fernand. Venez donc embrasser votre oncle et votre tante !

Bécots. Antoinette avait l'air de s'humaniser.

— Vous avez des enfants ?

— Trois, dit Janine en souriant.

Les deux gamines à leur tour s'étonnaient de cet oncle qui ne ressemblait pas du tout à papa, ni à grand-père. Là-dessus une voisine arriva, qui se donna prétexte d'avoir fait le ménage pour venir zyeuter les « étrangers »… C'en était trop !

Georges regarda la montre à son bracelet, fit un signe à sa femme.

— Oui, fit celle-ci, nous allons être en retard à Bayeux…

— Ah ! dame, on ne va pas faire attendre des gens de l'Enseignement ! se piqua Antoinette. Ça passe avant la famille !... Mais faudra bien tout de même qu'on cause un peu avant d'aller chez le notaire.

— Oh ! le notaire… balaya Georges de la main. Je suis tout à fait… désintéressé.

Ils sortaient de la maison, pour s'éloigner un peu de la voisine trop curieuse. Les Fernand raccompagnaient les Georges à la deux-chevaux.

— Pas de raison que tu me fasses un cadeau, dit Fernand… Mais, du moment que tu vois toi-même les choses… Moi, tu comprends, je ne suis pas tout seul. Les deux petites, va bientôt falloir les caser, tiens ! Et ça coûte !

— Je comprends, dit Georges, ennuyé et lointain.

— Y aura bien un moyen de tailler les parts, que tu ne t'en iras tout de même pas les mains vides, pas vrai ?

Georges secouait obstinément la tête, comme s'il repoussait tout offre avec horreur. Janine comprit sans doute que tant de désintéressement paraissait peu naturel. Elle glissa, douce :

— Écoute, Georges, on pourra toujours entendre ce que propose ton frère.

— Attendez donc ! proposa tout d'un coup Antoinette, les joues rouges. On peut se débarrasser de la mère Saunier… Vous avez bien quand même trois minutes pour écrire un papier… Je soussigné Georges Delouis déclare que je donne tous pouvoirs à mon frère Fernand pour la question de l'héritage de notre père… Ou quelque chose comme ça.

Et, comme elle discernait un sourire ironique sur les joues pâles de Janine, elle ajouta plus vite :

— Moi, c'est histoire de rendre service. On montrerait ça au notaire pour voir si ça suffit. C'est pour vous éviter les démarches. Dame, c'est que vous êtes loin de chez vous, ici. Si vous restez, ça va vous causer des frais plus que ça ne vaut !

Georges allait répondre, mais sa petite femme lui mit la main sur le bras, d'autorité. Elle sourit à Antoinette, de ce même sourire un peu pincé qui sentait sa province…

— Nous aurons tout le temps de parler de ça cet après-midi.

V

Georges conduisait, les mains à plat sur le volant, mâchoire crispé. La sueur lui coulait du front, piquant les yeux. Ce fut Janine qui remarqua l'écriteau qui indiquait la plage.

— Par là !

Il prit la descente. Ils n'avaient pas encore vu la mer depuis le départ de Souppes (Seine-et-Marne), au petit jour.

— Nous avons bien fait de venir, dit Janine.

Mais il était de mauvaise humeur.

— Signer le papier tout de suite, c'était mieux.

— Non, dit-elle, tu n'aurais pas eu l'air naturel. Même pour un fils du même nom !

Sa tentative pour le défendre tomba à plat.

— Se méfier de la bonne femme ! fit-il d'une voix lourde. Sale bonne femme !

Elle se serra contre lui et lui prit le bras, comme pour le réconforter. Ils dévalèrent la route en silence, passèrent devant une petite poste fleurie. Et puis soudain l'échappée sur la mer.

Plage de la Manche, mer grise, très modeste trou aux tristes villas rescapées, croulantes et abandonnées, avec quelques rares constructions neuves en bordure de plage.

Un monument de granit rose semblait surgir de la mer, comme une vague qui se dresse. À gauche, le boulevard-promenade se dirigeait vers Vierville. À droite, la route sur la levée de galets devenait simple mauvais chemin empierré, desservant quelques baraques de plage et un terrain de camping où les rares tentes tournaient le dos à la mer, d'où venait le vent.

— Tu reconnais ?

— Non.

D'ignobles hangars ronds, aux toits noirs de tôle goudronnée barraient le chemin à l'entrée d'un petit vallon.

Une casemate démolie était adossée à la colline, avec ses blindages déchiquetés et ses tubes rouillés pointant vers le sol. Conservé comme trophée, le blockhaus avait un large escalier triomphal en ciment. Mais au bout de vingt ans, l'herbe faisait éclater le ciment, tout retournait à l'abandon et à l'indifférence ; à croire que les hommes du 116e R.I. qui avaient pris cette redoute dans la matinée du 6 juin, n'avaient sacrifié leur existence que pour donner des lieux d'aisance répugnants et méphitiques aux estivants des générations futures.

Georges arrêta la voiture.

Sous les hangars ronds, on apercevait les monstres amphibies des récupérateurs de ferraille, ainsi que les stocks de bouteilles d'acétylène et d'oxygène des puissants chalumeaux qui découpaient les tôles d'acier enfouies au large.

Janine ne posait pas de question. Elle était émue. C'était la première fois qu'elle venait là...

Georges ne disait pas un mot. Il s'était dirigé sur la plage, droit vers la mer à une centaine de mètres.

Il y avait d'abord de gros galets, puis c'était le sable fin, un peu vaseux par endroits. À gauche et à droite, on avait l'immensité de la plage de débarquement, depuis la pointe de la Percée, jusqu'aux falaises du Bessin.

Janine retira ses bas et ses chaussures et se mit à trotter derrière son époux. Ils contournèrent une carcasse aux membrures rongées, presque à la ligne de déferlement.

La mer calme grondait doucement en vaguelettes sur le sable sec : marée montante.

Georges se retourna, plissa les yeux pour regarder la ligne des collines, face au soleil. Janine l'avait rejoint et se tenait près de lui, légèrement en arrière. Il sentit qu'elle lui prenait la main...

— C'est ici, dit-il. À cinquante mètres près. Ça doit être ici... Mais je ne reconnais rien.

Main dans la main, ils avancèrent vers les galets, et il répétait comme une litanie.

— Oui, c'est ici, c'est ici... Mais la mer était plus haute. Et il y avait toute la ferraille et tous les barbelés.

Il se mit à respirer un grand coup, constata :

— Comme c'est calme !

Comme repère principal, il se souvenait surtout du feu de la casemate qui tirait sur la droite… Un peu plus près ? Un peu plus loin ?... Et puis l'échancrure du vallon devant soi. C'était très vague… Et pour tout dire, il ne se souvenait que de détails, pas de l'ensemble.

— Par ici, j'ai fait mon trou dans le sable… Un copain tué à côté de moi. Je ne sais plus son nom.

Il se souvenait d'une levée de galets, et il y en avait une, effectivement ; mais ce n'était pas la même chose. Il n'aurait pas su dire ce qui manquait. Il avait seulement le souvenir d'être resté adossé pendant très longtemps face à la mer.

Ils avaient passé la ligne des algues et Janine marchait plus péniblement sur les galets, entre les bois flottés et les bouteilles brisées.

L'heure de midi, sans doute, rendait déserte l'immense grève. Des mouettes criardes voletaient en groupes pour se poser plus loin sur la mer.

Il n'y avait plus que cela, le vent, le cri stridulard des mouettes et la respiration en basse obstinée de la mer qui montait. Pas un navire, pas la moindre barquette au large ; tout paraissait neuf comme à l'aube des temps.

Georges s'assit contre la levée, dans un coin de sable piqueté d'oyats aux racines rampantes… Était-ce bien là ? Ou cinquante mètres à droite, ou vingt mètres à gauche ? Aucune importance.

Il lui semblait que, dix-neuf ans plus tard, il était de nouveau sur cette plage, avec un combat aveugle devant lui, où il aurait à jouer son existence.

Janine le vit épuisé, les yeux creux, lui qu'elle connaissait si vivant, si fort. Elle l'embrassa, se pelotonna contre lui, parce que ce combat-là ils étaient maintenant deux à le livrer.

— Six heures de volant, et puis ces gens, dit-elle. Tu dois être crevé.

— Une sale bonne femme, dit-il. Elle se doute de quelque chose.

— Je ne pense pas. L'intérêt sordide, c'est son point fort et son point faible. Je ne la crois pas très intelligente. Moins que lui.

— Sordide, répéta-t-il comme un enfant qui découvre un mot nouveau. Sordide !

Son français était correct, mais il avait indéniablement un reste d'accent indéfinissable qui affleurait par moments, comme le roc dans un sol maigre.

Ils n'avaient personne à voir à Bayeux ; simplement ils avaient prévu d'éviter tout contact un peu prolongé avec la famille et ils avaient pensé que ce serait une détente, que de pique-niquer sur la plage. En passant à Caen, Janine avait acheté du pâté, du pain, des fruits, de la bière…

— Veux-tu que nous déjeunions ici ?

— Pas faim !

— Il faut se soutenir. Veux-tu que nous allions au restaurant ?

— Oh ! non !

— Attends, dit-elle. Je vais chercher le sac.

Il la laissa se lever, puis au moment où elle s'éloignait, il la rappela, soudain perdu comme un enfant sans mère.

— Janine !

Il la prit aux jambes, enfouit sa tête contre ses cuisses. Elle lui caressa les cheveux.

— Ça se passe très bien, mon chéri. Tu vas voir. C'est la fin du cauchemar. Ils ne savent rien, c'est très net !

Il ne répondit pas. Elle sentit les mains qui lui empoignaient les cuisses, chaudes sous la jupe… Elle connaissait bien son homme, depuis plus de dix-huit ans… Faire l'amour, là, dans ce coin de sable, où des milliers d'hommes étaient morts ? Mais que restait-il donc à effacer ?

Les doigts tripotaient les pendeloques du porte-jarretelles, remontaient vers le ventre… Elle résista au vertige, se dégagea. Ce n'était pas le moment de s'amollir.

Elle rit :

— Je pense à ton frère et Antoinette. Ça doit drôlement discuter le coup !

Il se renfrogna, comme si elle lui refusait la détente ; puis il comprit très vite.

— Nous passons un examen, c'est vrai !

Elle cligna de l'œil.

— C'est dans la poche ! Tu verras !

Il la suivit du regard, qui titubait pieds nus sur les galets. Elle avait laissé ses chaussures et ses bas. Il prit l'un d'eux, le respira, s'en caressa le visage. Mais c'est aux enfants, qu'il pensait… Alain et Jacqueline à la cantine du lycée, tandis que la petite Tienette déjeunait chez les Bouillot…

Incrédule, il regardait encore la grève. Il y avait quelque chose de contre-nature. D'ordinaire, la confrontation avec les souvenirs laisse une impression de rapetissement. Là, au contraire, c'était comme si l'on avait abattu tous les compartiments, fait sauter tous les quadrillages, nié toutes les subdivisions militaires, en régiments, bataillons, compagnies, escouades, où chacun faisait finalement la guerre pour soi, dans son trou d'homme. Il avait eu de cette grève une vision étriquée de bétail ; il la voyait maintenant comme un homme… Un homme libre ! Libre !... Liberté ! Ce mot même pour lequel on l'avait débarqué dans des conditions atroces, comme un objet sans valeur, fongible, indéfiniment remplaçable, destiné à noyer sous le nombre les défenses ennemies. Écrase, ou crève ! Crève et… écrase !

Il se leva. Au-delà de quelques baraques désertes et d'un glacis marécageux s'élevait la colline boisée. Et sur le bord du plateau à quarante ou cinquante mètres d'altitude, il apercevait les grilles du grand cimetière, le toit rond d'une chapelle et le mât où flottait la bannière étoilée.

Et tout d'un coup, l'idée se planta en lui comme une banderille : voir sa tombe.

Entrouvrant la bouche, sans émission de voix, il prononça le nom d'un mort : George Hutchins, New Jersey. Mais cela devenait un très lointain parent, un étranger qu'il avait bien connu, mais si loin dans le passé. Non, vraiment, entre « Djôdj Heutch'ns, Nioudjeuzé » et Georges Delouis il n'y avait plus rien de commun !... Laisser les morts enterrer les morts !

Il vit Janine qui revenait. Elle avait pris le sac aux provisions et, déhanchée, tenait sous le bras droit l'un des sièges de la voiture.

Il alla à sa rencontre, la débarrassa du siège de tubes. Ils marchèrent un moment le long de la ligne de varech à odeur iodée, dérangeant du pied des collines de puces de mer.

Janine remarqua à son tour le cimetière qui prenait tout le sommet du plateau, mais elle ne dit rien. D'autres monuments étaient visibles, notamment un grand obélisque de marbre noir, à mi-côte, dans un pré pentu où paissaient des vaches. Et tous ces morts et toutes ces vaches semblaient pacifiquement cohabiter, parfait exemple des univers parallèles.

Georges se sentait mieux, avec le sang qui circulait plus vif.

— On se fiche à l'eau ?

— Pas moi, dit Janine. Mais vas-y, ça te détendra.

Il n'y avait personne sur la grève. La mer montait, n'était plus maintenant qu'à une quarantaine de mètres. Il jeta ses vêtements, ne conservant que son slip et courut dans l'eau froide.

Bon nageur, il aimait l'eau. D'un crawl sur le dos, bien coulé, il s'éloigna vers le large.

Plus il prenait de la distance, plus le cimetière en haut du plateau prenait de l'ampleur, se découvrait petit à petit. Il distinguait maintenant le Mémorial en portique, devinait une partie de l'immense alignement des croix blanches…

Qu'étaient donc devenus les copains de l'escouade ? Ceux qu'il avait vus tomber, et ceux qui étaient disparus… Leurs noms mêmes flottaient dans sa mémoire : Cornell, Wilson, Bancroft… Et l'espèce de sergent fayot à face d'Irlandais, qui avait été copain de deuxième classe, en Tunisie et en Sicile : Steve Reilly !... Celui-là, du moins, devait être bien mort, à la façon dont il était tombé devant lui, brusquement foudroyé, dans un petit bois aux fougères calcinées, plein de braises chaudes qui se collaient aux semelles et grésillaient quand on mettait le pied dans un petit ruisseau.

Il lui semblait qu'il ne s'était jamais souvenu de cet instant-là. Combien d'heures était-il resté, le cul littéralement dans les cascatelles de la hauteur d'un doigt, épiant les écrevisses, avec l'impression étrange d'être le seul homme à avoir franchi les lignes allemandes, tandis qu'on exterminait les copains sur la plage… Il songea au père Amédée Delouis… Cela le ramenait au présent.

Il sentit qu'il avait faim et sprinta vers la terre.

Le courant l'avait déporté vers l'est, et il dut courir plusieurs centaines de mètres pour retrouver Janine.

Celle-ci avait pris le temps d'aller chercher une serviette dans la valise. Elle la lui jeta :

— Tiens ! Ne fais pas le chien mouillé !

Elle avait préparé le petit matériel, nappe, assiettes de plastique, à même le sable. Alors il se sentit fondre le cœur. Il se souvint d'une jeune fille tourangelle, au coin d'un bois, sur la route de Château-la-Vallière, à vélo, toute seule, coiffure très haute et semelles de bois... Il avait surgi de la forêt, l'avait arrêtée, farouche :

— Vous preutez le vélo à moi !

Elle n'avait pas eu peur, l'avait regardé gentiment...

— Mon pauvre monsieur, qu'est-ce qui ne va pas ?

Alors, il s'était mis à pleurer.

Grelottant, il se rhabilla dans le petit vent aigre. La mer avait presque rejoint la ligne des algues. Ils déjeunèrent en silence, à quelques mètres de l'eau ; puis Janine enleva sa jupe pour aller laver les assiettes dans le clapotis des vagues. Cuisses maigres, traces de varices, mais petite race increvable, six heures de sommeil, abatteuse de boulot, l'œil à tout.

En bientôt dix-neuf ans de vie en commun il y avait eu quelques crises. Il avait eu des fringales d'homme, avait été physiquement bouleversé par d'autres femmes... Janine était une fille saine, mais pas très jolie, petit corps sec et nerveux, au ventre vergeté par les maternités, aux seins tristes et aux épaules osseuses. Ni passion, ni indifférence ; un bon petit seuil raisonnable qui permettait une entente physique normale. Mais l'attachement qu'il avait pour elle était beaucoup plus profond, comme une plante qui a trouvé sa terre. Il savait que, sans elle, il ne serait rien. Rien !

C'était elle qui, comme une fourmi obstinée, toute seule, avait fait du déserteur traqué, écœuré et dangereux, un homme utile, bon père, bon époux et heureux de vivre.

Elle revint vers lui, plia la nappe, rangea le petit sac.

Il était à peine une heure. On ne pouvait pas se présenter décemment chez les Fernand avant trois heures de l'après-midi, et Isigny était à moins d'une demi-heure de route.

Janine regarda vers le cimetière et il comprit qu'elle avait envie comme lui de cette chose : avoir la certitude de la mort d'un nommé Hutchins.

Mais elle n'en parlerait pas ; lui non plus.

Il sourit :

— Tu veux que je te raconte ma guerre ?

— Je veux bien.

Mais, bien sûr, il n'avait rien à raconter, et à vrai dire il ne se souvenait même pas.

Il avait franchi la levée des galets et se dirigea vers la colline, tenant sa femme par la main, mais il ne reconnaissait absolument rien.

Il n'y avait plus les barbelés, plus le feu des mitrailleuses ennemies, sans doute, mais surtout il était là dans un univers d'homme debout, alors que la matinée de la bataille s'était déroulée dans un univers de serpent, de bête rampante et apeurée, collée au sol garni de cailloux, d'ornières et de trous qui étaient beaucoup plus importants que le sort du monde.

Il se souvenait vaguement d'être resté longtemps près d'une toute petite mare à roseaux, dans un enchevêtrement de chevaux de frise. Plus moyen d'avancer, ni de reculer. Impression que c'était là le lieu de sa mort… Ils avaient cru être pris sous un feu de mortier et s'étaient rendu compte au bout d'un moment que c'était d'autres gars de chez eux, un peu en arrière, aussi apeurés, qui les canardaient à la grenade.

Il était avec Bancroft et Brown. Ils avaient gueulé. Puis Bancroft avait balancé deux citrons à l'arrière… Chaos. Tuerie ignoble. Chacun pour soi. Pas racontable.

La plupart des gars avaient été tués par des armes américaines. On aurait dit que c'était prévu. La fuite en avant. Pas d'échappatoire.

Le sol se relevait doucement. Ils arrivaient dans des prés clos, au pied même de la colline. Toutes les clôtures étaient faites de laminés à trous, comme de grosses pièces de meccano récupérées sur la plage. Les vaches paisibles broutaient une herbe grasse, piquetée de marguerites.

Georges n'avait rien à dire. Était-ce là ? Était-ce ailleurs ?... Aucun repère précis.

Janine crut voir une vipère, alors ils prirent chacun un gourdin de bois mort pour tâter le terrain, abattre les ronces et les fougères.

Petit sous-bois en forêt vierge, avec des lianes et d'énormes pieds de polypodes dans un terrain fangeux.

Il y avait bien un petit ruisseau large d'un pied qui cascadait sous le couvert, entre de grosses racines. Fourrés impénétrables, colonies de moustiques. Les vêtements s'accrochaient, les chaussures clapotaient dans une boue jaunâtre.

Et dans le lit même du ruisseau, au plus profond des taillis, Georges découvrit la petite borne marquée simplement avec un bois dans le ciment frais : U.S. 15-10-51.

Qu'est-ce que c'était ? Un ancien combattant venu marquer son souvenir ? Ou, probablement, la borne cadastrale qui délimitait l'emplacement de l'enclave U.S.

Le bois touffu grimpait abruptement sur la gauche, et là-haut sur le plateau, il y avait le cimetière.

Sans se concerter ils gravirent la pente et, sur le bord du plateau, traversèrent une forêt d'ajoncs géants, plus piquants encore et plus agaçants que les moustiques.

Ils n'avaient pas prononcé trois phrases depuis la plage. Ils débouchèrent soudain contre le grillage du cimetière.

Derrière les massifs de rhododendrons, d'aucubas et de roses galliques, il y avait les croix blanches, à perte de vue.

Alors ils s'accrochèrent les mains au grillage…

— Eh bien, voilà ! fit seulement Georges.

Pas besoin d'autres mots, ils savaient l'un et l'autre qu'ils étaient au seuil d'un monde interdit où ils n'oseraient jamais entrer.

Ils voyaient le bâtiment cylindrique au toit rond, sans signe distinctif, chapelle *ad hoc* qui servait à tous les cultes. Plus loin, à l'autre extrémité, s'élevait le portique en marbre rose du Mémorial et l'immense statue de bronze, détachée du sol et aux deux bras dressés vers le ciel, en supplication.

La lumière un peu laiteuse donnait au gazon une teinte surnaturelle, presque un vert véronèse. Et là-dessus, les croix, les croix, les croix, par centaines, par milliers... Tous ceux qui étaient morts dans les journées d'assaut, et tous ceux qui, intransportables, avaient agonisé dans les ambulances et dans l'hôpital de campagne hâtivement débarqué.

À l'intérieur, dans les allées de gravier blanc, des touristes en short prenaient des photos. Vision édulcorée, quasi charmante, et hautement édifiante de ce qui avait été un sinistre et ignoble abattoir.

Même à l'extérieur du cimetière, on avait essarté le terrain et fauché l'herbe, pour bien le dégager de la nature sauvage.

Ils suivirent le grillage, interminablement. Quelques pavillons de style Nouvelle-Angleterre avaient été édifiés dans des enclos où flottait l'odeur de roses et d'herbe fraîchement tondue.

Ils s'étaient pris le bras et avançaient comme des amoureux, sans dire un mot, le regard tourné vers l'intérieur de l'enceinte.

Ils passèrent devant l'entrée monumentale aux drapeaux déployés. Georges demanda pour la forme, comme s'il avait l'intention d'entrer :

— Qu'est-ce que tu en penses ?

Mais elle savait qu'il n'en avait plus envie. Elle non plus.

— On verra au retour. Il ne faut pas se mettre en retard.

Pour revenir sur la plage, ils continuèrent le tour de la grande enceinte. Ils aperçurent dans la pente, au milieu des prés, le grand obélisque noir.

Un écriteau indiquait la direction pour la stèle à la première division d'infanterie. Cela paraissait beaucoup plus accessible, au milieu des vaches. En fait, y conduisait un étroit chemin coincé entre les barbelés. Au-delà, on apercevait la plage en contrebas, les falaises du Bessin et le très lointain port artificiel d'Arromanches, perdu dans une brume de chaleur.

L'obélisque avait droit à un minuscule rond-point de gravier entouré de bancs semi-circulaires en beau marbre noir pailleté or. Il avait une dizaine de mètres de haut, et sur toutes les faces étaient gravés les noms des morts de la première division, dans un ordre hiérarchique : officiers supérieurs, subalternes, sous-offs et hommes de troupe.

La lettre « H » était à hauteur des yeux, et tous deux piquèrent le nom, immédiatement : George R. Hutchins, N. J., coincé entre un Hull du Wisconsin et un Hutton de l'Ohio.

Oui, Hutchins était bien mort ! Héroïquement !

Ils restèrent quelques secondes sans rien dire, et c'est alors qu'ils entendirent comme un appel, juste derrière l'obélisque.

Caouz ! Caouz ! Caouz !

En se déplaçant un peu ils virent l'homme assis sur un banc, mais tournant le dos au monument. Il faisait des signes à un groupe de vaches qui le regardaient stupidement.

— Qu'est-ce qu'il a ? On dirait qu'il appelle les vaches.

L'homme ne les avait pas entendus venir. Un demi-chauve, très rouge, la quarantaine, blouson clair... Il ne paraissait pas dans un état normal et poussait des soupirs en branlant du chef. Il avait comme un gémissement :

— Oh ! Claodine, Claodine...

C'était pénible. Un Américain qui venait pleurer un parent, après dix-neuf ans ! C'était incroyable !

— Viens ! dit Janine en tirant la main de son époux.

Mais celui-ci voulut voir l'homme, du moins de profil. Il s'avança doucement, fit crisser le gravier.

L'homme se retourna. Il ne pleurait pas, mais il avait un regard vague, un visage ravagé.

Il toisa l'intrus, quasiment sans le voir et lâcha dans un hoquet :

— La visite est terminée !

Il eut de la main un geste comme pour chasser une mouche.

— Viens ! répéta Janine.

Mais Georges restait, paralysé, fasciné… Malgré vingt ans d'écart, malgré l'embonpoint, la calvitie, les ridules autour des yeux, il venait de reconnaître le sergent Reilly !

L'autre aussi avait eu un éclair inconscient. Il se retourna de nouveau, comme surpris, fixa plus attentivement Georges, ferma les yeux et dit en français :

— Oh ! là, là, ça va mal !

Mais c'était trop illogique, même pour un homme ivre ; il s'adressa de nouveau aux vaches, en américain, d'un air de doux reproche :

— Les vaches dans les tombes et le fantôme des copains qui se baguenaudent dans les prés !

— Viens ! dit encore Janine.

Elle tira de toutes ses forces. Georges sortit de son envoûtement, la suivit rapidement.

Il était livide et tremblait sur ses jambes. Il n'avait aucune raison d'imaginer que Reilly faisait partie du personnel du cimetière. Depuis bientôt vingt ans, il le rangeait parmi les morts… Que cet homme soit vivant n'était sans doute pas un miracle ; mais qu'il ait retraversé l'Atlantique et qu'il soit là sur un banc au moment précis où passait un déserteur de son escouade, c'était vraiment le doigt du Destin !

Il devait se retenir pour ne pas courir dans le sentier qui descendait vers la plage.

Janine, alarmée, s'était accrochée à son bras, avait imbriqué sa main dans la sienne :

— Chéri, chéri… Qu'est-ce qu'il y a ? Tu le connais ?

— Il m'a reconnu ! dit-il.

— Un ancien camarade ?

— Oui.

Elle jugeait froidement la chose.

— Aucune importance, il est plein comme une outre !

— Mais qu'est-ce qu'il fait là, juste au moment où…

— S'il a fait la guerre, rassura-t-elle, il est normal qu'il vienne visiter.

— C'est mon sergent, dit Georges. Tu l'as entendu ?... Le fantôme des copains se balade dans les prés !... Il m'a reconnu, c'est sûr !

— Aucune importance, s'obstina Janine en lui pétrissant la main.

Elle reconnaissait brusquement les affres de l'homme traqué. Ça la rajeunissait de dix-neuf ans, quand elle avait à combattre les terreurs de l'homme qui n'avait plus de nom, à qui elle s'employait tout entière à forger un langage, une volonté, une âme.

Elle redevint la petite maîtresse d'école maternelle au cœur gros comme ça, souriante, rassurante :

—… Malheureusement, je rencontre mon sergent !... Heureusement, il était soûl comme une bourrique !... Ça s'arrête là, mon grand. Une histoire de fous.

Il ne demandait qu'à se laisser convaincre, mais il en perdait son français, ému.

— J'ai échappé… Comment donc ?... J'ai échappé belle !

— C'est fini, rassura-t-elle.

Ils se retournèrent. L'homme, là-haut, avait toujours l'air de parler aux vaches.

— Complètement siphonné ! dit Janine. Qu'est-ce que c'est que cette histoire de vaches dans les tombes ?... C'est bien ce qu'il a dit ?

VI

Isigny avait été entièrement détruit.

Ça donnait l'immense avantage, dix-neuf ans plus tard, d'habiter une petite ville aux maisons neuves et confortables. Et finalement, pour les Normands, la guerre resterait moins le souvenir d'un massacre que l'avènement du bidet, de l'eau chaude sur l'évier et de la cuvette à chasse d'eau.

Dans la maison de Fernand il y avait bien une salle à manger, où l'on avait enfermé les deux gamines qui faisaient leurs devoirs de fin d'études, mais Antoinette avait tenu à recevoir le frère dans la cuisine.

Elle avait sorti les tasses dépareillées de tous les jours. Visiblement, elle ne cherchait pas à honorer les visiteurs. Georges y était insensible, mais Janine remarquait. Et, sous les sourires et le miel, elle devinait l'âpre combat qui allait se livrer.

Fernand était plus sociable. Il avait même sorti des cigares. Il parlait du père avec un mélange d'admiration et de mépris…

— On peut bien dire qu'on ne le voyait guère ! À quinze kilomètres, on ne se rencontrait pas deux fois par an !

Beaucoup moins détendue, Antoinette surveillait et lançait ses attaques :

— Eh bien, tu parles qu'« ils » le voyaient encore moins souvent que nous. Pas vrai ?... Bien sûr, on le voyait peu, mais chaque fois, il nous disait qu'on aurait tout ! Pas vrai, Fernand ?... Et jamais il n'a parlé d'un frère… Oh ! c'est pas qu'on veut faire des chicanes, mais je ne crois tout de même pas que le père Amédée avait l'intention de vous laisser quelque chose. Vous ne l'avez jamais vu, en somme ! Pas vrai ?

Georges avait pris le parti de se confiner dans son mal de dents fictif, un peu isolé des autres par une souffrance muette. Mais il n'aimait pas cette question. Janine non plus.

Ils s'étaient longuement concertés avant de faire le voyage. Ils avaient trouvé préférable de prendre le taureau par les cornes, mais ils savaient qu'il y avait quelques points très sensibles… Les Fernand avaient été sur place, dès la mort de père Amédée et on ne savait pas le genre de papiers que le vieux avait laissés… Qu'ils aient trouvé leur adresse était déjà inquiétant. Qu'ils aient trouvé le fameux livret de famille, que le vieux soutenait mordicus avoir fait disparaître, c'était nettement dangereux.

— Le père est tout de même passé une ou deux fois chez nous, en Seine-et-Marne, dit Janine. C'est étonnant qu'il ne vous en ait pas parlé.

— Première nouvelle ! dit Fernand.

L'ennui, dans la discussion avec un Normand, c'est qu'on ne sait jamais s'il sait. Et il faut toujours agir de l'air entendu qui laisse savoir qu'on sait qu'il sait qu'on sait ; ce qui va des fois très loin et on ne s'y retrouve plus !

Georges n'était pas taillé pour ça et lâchait pied, dès le second degré. Mais la Janine issue des confins de la Sarthe était capable de tenir tête aux Normands.

— Et pourquoi qu'elle dit ça ? attaqua Antoinette. Peut-être aussi que le vieux a promis de tout leur laisser ? C'est ça qu'elle veut dire ?

— Elle n'a dit rien de semblable, fit Janine dans un sourire.

— Attends voir ! lança Fernand à son tour sur la brèche. Y a quelque chose qui ne va plus ! Saint-Laurent, vous avez dit comme ça, si j'ai bien entendu, que le père il avait votre adresse... Mais vous avez pas dit qu'il était venu chez vous !

— On ne peut pas tout dire en même temps.

— Admettons ! fit Fernand. Mais vous faites aussi bien de me le dire, parce que je le sais ! Et même qu'il y passait tous les ans ! C'est bien ça ?

Il se payait son coup de théâtre ; l'air satisfait un peu rentré, à la moderne.

— Tout à l'heure, fit Janine, vous avez dit : première nouvelle !

— On ne peut pas tout dire en même temps, finauda Fernand. Le vieux n'a pas laissé beaucoup d'écritures, mais j'en ai quand même trouvé quelques-unes, des bien intéressantes.

— Ah ! oui ?

Georges et Janine devinrent l'image de l'indifférence ennuyée. Puis, comme le silence se prolongeait, Georges se mit à tirer un peu trop fort sur son cigare, à faire un peu trop de fumée, comme un bâtiment de haute mer qui se camoufle.

Janine attaqua, un peu prématurément.

— Si vous nous disiez ce que vous avez derrière la tête…

— Ah ! ben, elle est bonne, celle-là ! contra Antoinette. Voilà maintenant que c'est nous qu'on a quelque chose derrière la tête ! Mais on ne reste pas quarante ans à se cacher, nous autres ! Fernand, tout le monde a toujours su de qui il était le fils !

— Laisse, dit Fernand. On boit le café, on cause… Un frère qui vous tombe comme ça sur les reins ; dame, on se renseigne ! Des fois qu'on apprendrait que le père a laissé un testament, ou des reconnaissances de dettes quelque part en Seine-et-Marne… Faut peut-être mieux discuter de ça en famille que d'y mettre les avocats ! Pas vrai, Georges ?

— Certainement, dit Georges. Je suis prêt à signer un papier… Je répète… Cette affaire ne m'intéresse pas. Pas du tout !

— Dans la mesure où nos intérêts ne seront pas ouvertement lésés, corrigea Janine pour la vraisemblance.

Georges toussa, comme s'il avalait la fumée de travers. Fernand lui versa une pleine tasse de goutte.

— Bois ça ! Ça te fera du bien, c'est de la mienne !

Quant à lui, il but une gorgée, claqua la langue.

— Dame, s'il n'y avait pas ce foutu livret de famille du père… qui c'est donc qui pourrait bien dire que t'es mon frère ? Pas vrai ?

— Mon mari a des papiers qui prouvent son identité, fit Janine qui s'échauffait. Nous sommes venus ici avec de bonnes intentions, mais il ne faudrait pas…

— Attendez donc, ma petite, coupa Fernand Delouis. Faut pas vous offenser, mais de toute façon, vous serez obligée de dire aussi votre identité devant le notaire. Alors, pourquoi pas se la dire en famille ?

— Mais Georges vous a montré ses papiers !

— Et vous ! attaqua Antoinette. Qui c'est qui nous prouve que vous êtes pas à la colle ?

— À la colle ?...

Puis Janine comprit que la femme de Fernand les accusait de vivre en concubinage. Elle eut un soulagement, sourit :

— Georges, veux-tu montrer à ta belle-sœur notre livret de famille ?

— Bien sûr ! dit Georges.

Le petit livret délivré seize ans plus tôt à la mairie de Cotrelles, petit trou perdu d'Indre-et-Loire, était encore tout propret sous sa cellophane. Il corroborait qu'un sieur Georges, Gaston, Amédée Delouis, né à Saint-Lô (Manche), avait épousé une demoiselle Janine, Françoise Letilleux, née au Lude (Sarthe). C'était daté du 12 octobre 1947. Elle était institutrice, il était terrassier… Aux pages suivantes, il y avait un Alain, né six mois plus tôt et reconnu, puis encore une fille, et une autre fille… Petite famille cent pour cent française !

Antoinette tiqua, vacharde, sur la date de naissance du premier…

— Ah ! vous aviez pris un peu d'avance !

Mais Fernand, qui avait mis ses lunettes, regardait surtout la date du mariage.

— En 47… Intéressant… En somme c'est à ce moment que tu as revu le père ?

— Sais pas, grogna Georges dans sa fumée. Souviens plus.

Il fixait un calendrier des pompiers accroché à la porte d'un placard ; devant la tour Eiffel un pompier-grenouille s'apprêtait à plonger.

Minute de vérité ! Georges avait pu vivre seize ans sans contrôle sérieux, obtenir carte d'identité, permis de conduire, il avait pu se marier, donner un état civil à ses enfants, cotiser aux Assurances sociales, devenir cadre de maîtrise dans une grande verrerie du Loing, pratiquement sans aucune difficulté. Mais aujourd'hui l'examen était capital et il se rendait brusquement compte que tout le passé qu'il s'était forgé ne dépassait pas le niveau des paperasses… Fernand n'était pas idiot et mettait le doigt dessus, du premier coup.

— Tu l'as forcément vu à l'époque. Pour te marier tu as eu besoin d'un extrait de naissance.

— Écrit à la mairie de Saint-Lô.

— Bien sûr ! dit Fernand. Mais enfin j'ai vu Saint-Lô en 47. Plus de mairie, plus de greffe du tribunal ! Et pour tout dire : plus rien du tout ! Juste les baraquements des nettoyeurs, à la gare, avec le calicot : Saint-Lô, Capitale-des-Ruines !

Georges approuva, il avait vu tout cela, et il avait même fait le voyage à Coutances, un peu moins démoli, où était repliée la préfecture.

— C'est vrai !... Mon dossier de… Oh ! que cette dent me fait mal !

— Son dossier de reconstitution d'état civil, dit Janine. En effet, Georges a vu son père, à l'époque. Il fallait bien faire un certificat de… Comment appelait-on ça ?

— Un acte de notoriété, dit Fernand. Vous m'excuserez, mais j'en connais un morceau, en ce qui concerne la reconstitution des actes d'état civil. J'ai vu ça d'assez près, au canton. Et je peux vous dire aussi que le père était bien au courant de ce qu'il fallait faire, et pas faire ! Sûr que, dès qu'il s'en est occupé, ça a dû marcher tout seul !

L'œil de Fernand vrillait, finassaud. Visiblement il tenait le bon bout, jouait comme un chat avec sa souris.

Dans une carafe d'eau il y avait une branche de rosier en boutons, probablement cueillie à Saint-Laurent.

— Tiens, dit Janine, nous avons les mêmes, chez nous.

Ce n'était pas vrai, mais il fallait parler très vite de n'importe quoi d'autre, ne pas rester sur ce terrain glissant.

— Voyons, continua Fernand, implacable. Le livret de famille du père, tu l'as donc eu en main. Alors tu as bien vu que tu avais un frère aîné. T'as pas cherché à me connaître ?

— Suis venu entre deux trains, dit Georges. Pas le temps !

— Pour un Delouis, t'es pas bien curieux ! Moi, si j'avais su que j'avais un frère avant la mort du père, j'aurais traversé la moitié du pays pour aller voir comment il était bâti !

— Vous savez ce que c'est que la vie, dit Janine. On se promet toujours, et puis...

Fernand l'ignora. Il fixait Georges :

— Tu comprends, je ne suis quand même pas de la dernière couvée. Suppose qu'un gars voulait se refaire une identité à ce moment-là, c'était facile. On rajoute comme ça un enfant sur un livret de famille... Un cachet de mairie, moi, je t'en fais un en dix minutes avec une vieille patate !

Comme Georges restait amorphe, Janine essaya de se piquer.

— Mais qu'est-ce que vous insinuez ?

— Je n'insinue rien, ma petite, dit Fernand. Mais avant de se marier, Georges a bien fait son service ? T'as bien ton livret militaire ?

— Je suis dans les classes qui y ont coupé, dit Georges.

— Alors, tu as une attestation ? Il y a bien une trace de toi quelque part ?

— J'ai perdu tous mes papiers dans les bombardements.

— C'est vrai, dit Fernand sans rire. Tu n'as pas eu de chance ! Tu es né dans un patelin qui a été complètement anéanti. Les gens chez qui tu as été élevé, à Vire, ont été occis ! Ensuite, à Tours, même chose ! Plus aucune trace !

— Saint-Pierre-des-Corps, dit Janine. Il y a eu quatre cent cinquante morts ! Ce n'est tout de même pas la faute de Georges s'il n'est pas dedans ? Vous n'allez pas lui reprocher d'exister ?

— Bien sûr, dit Fernand. Alors, peut-être qu'à l'école de Saint-Pierre-Machin, y aurait bien une trace d'un petit Delouis sur les registres ? Vous qui êtes dans l'enseignement, vous devez bien savoir ça ? À moins que l'école aussi… ?

— C'est vrai, dit nerveusement Janine, elle a été entièrement détruite ! Nous devons sans doute nous en excuser ?

— Oh ! non ! fit Fernand, bonhomme. Non, non, non…

Il écrasa le cigare qu'il avait laissé éteindre, se tourna vers Antoinette.

— T'as compris, toi ?

Il y eut un profond silence. Convenait-il de le prendre de haut, de se fâcher tout rouge ? Ce n'était pas viable.

Fernand n'avait pas l'air de vouloir la mort du pécheur. Il restait bonhomme, grimaçant comme un magot pour se curer une dent déchaussée.

— On boit le café, on cause ; c'est histoire de dire. Y a certainement eu des gens qui ont éprouvé le besoin de changer de peau. Et moi, je vais vous dire : c'est pas mes affaires !

Janine se mit à rire, un peu aigrelette :

— Très ingénieux ! Mais dans cette hypothèse, votre père n'aurait pas eu un rôle très ragoûtant !

— Il est mort, balaya Fernand. Paix à son âme !

— Je vous entends ! Et que les héritiers s'en aillent aussi l'âme en paix ! Tout en sachant parfaitement que la plus grosse partie de l'héritage est le fruit d'un chantage ignoble qui a duré seize ans ! Et qu'ils ont peut-être l'intention de continuer ?

— Ah ! on ne va pas laisser ça là ! expliqua Antoinette. Des gens qui n'ont pas de nom et qui viennent nous insulter chez nous !

— Laisse donc ! dit Fernand. Tout ça, c'est des suppositions. Nous, on est des particuliers, on ne sait rien. Mais dame, quand ça arrivera au notaire, peut-être qu'il voudra savoir aussi d'où qu'il vient, ce frère-là ? Tu crois qu'on n'a pas bien fait d'en parler avant ?

— Si, dit Georges. C'est très bien. Encore plus simple que je croyais. Le notaire ne sait pas encore ?

— Pas encore. Ça ne presse pas !

— Ça ne presse pas du tout, dit Georges. Je vous dis le bonsoir et vous n'entendez plus jamais parler du frère. Nous sommes d'accord ?

— Y a pas de presse, répéta Fernand. Faut quand même qu'on prenne le temps de voir la chose. Me voilà un frère, puis me voilà plus de frère. Ça va un peu trop vite !

— Faut qu'il signe un papier comme quoi il a usé notre nom ! exigea Antoinette.

— Tais-toi ! coupa Fernand. Ces gens-là signeront rien. Ils sont déjà bien assez emmerdés comme ça, pas vrai ?

— C'est que ça irait bien chercher des dommages-intérêts, insista la Delouis. Y a des lois pour ça !

— Et contre le chantage ? fit Janine. Il y a aussi des lois, vous savez ! Et nous pourrions fournir une certaine conversation enregistrée au magnétophone qui intéresserait beaucoup les juges !

Fernand Delouis tapa de la main sur la table. Il était chez lui ; autorité totale !

— Ah ! pas de menace ! Moi, je ne demande qu'à m'arranger avec les gens, mais faudrait pas me mettre à cran, parce qu'alors j'ai juste un mot à dire à la gendarmerie ! Et vous ne feriez pas les farauds ! C'est moi qui vous le dis !

Alors, Georges se leva, sans brusquerie, lentement. Il repoussa sa chaise et d'un coup, domina tout le monde.

Il était blanc, la mâchoire projetée en avant, le nez pincé. Mais c'est la pupille que Janine observait, tout d'un coup immense ouverture noire dans chaque œil, par laquelle on apercevait le rouge sombre du fond de la rétine, comme chez un fauve.

Elle se mit presque à crier :

— Non, Georges, non, non !

Le petit Delouis se repoussa contre son dossier et Antoinette porta ses mains à sa gorge, comme si elle allait hurler.

Il y eut deux secondes de tension, puis Georges demanda d'une voix blanche :

— Alors, on y va, à la gendarmerie ?

— Ben ! fit Fernand interloqué. En voilà-t-y des manières ! On est là pour discuter, ou quoi ?

Georges respirait à petits coups sifflants. Il regarda sa femme, ouvrit la bouche... On sentait qu'il se contenait à grand-peine. Il en bégayait :

— D... de... de... Dis-leur combien ça nous a coûté !

— Cinq millions quatre cent mille, dit Janine. À petits coups qui n'en finissaient plus ! Et pour commencer, c'était des millions d'il y a treize ans, qui en valaient bien dix maintenant ! J'ai vendu tout ce que j'avais ! C'est tout mon héritage, à moi, qui vous revient ! Et toutes nos économies depuis seize ans ! On s'est saignés à blanc ! Et ça suffit comme ça !

— Ça suffit comme ça, répéta Georges.

— On vous abandonnait tout et on ne disait rien ! poursuivit Janine. C'est pour ça qu'on est venus. Mais si c'est pour recommencer le cauchemar, alors non ! Georges a raison ! Allons tout de suite à la gendarmerie, qu'on en finisse !

Elle s'était levée aussi, et tous les deux dominaient les Delouis pétrifiés sur leur chaise.

L'Antoinette était bagarreuse. Elle violaça, ouvrit la bouche :

— Oh ! mais !... Oh ! mais !...

— Tais-toi, coupa Fernand, tu vas dire des bêtises !

— Des bêtises ? Eh bien, encore heureux que je sois là pour défendre ton bien ! Ce qui nous revient, c'est à nous ! Et puis si ton père avait une rente qu'il allait quérir en Seine-et-Marne, eh bien, y a pas raison qu'on en fasse cadeau ! Ils n'avaient qu'à pas se mettre dans ce cas-là ! On prendrait bien des risques pour rien, de laisser un soi-disant Delouis vadrouiller comme ça ! Ça se paye !

— Tais donc ta gueule ! fit Fernand. Que tu vas tout faire casser, tiens !

Son visage s'était creusé. De deux coups de lèvre inférieure il nettoya ses moustaches, se retrouva tout bonhomme :

— Eh ben, v'là qu'on apprend un tas de choses ! On devait aller au notaire, et v'là qu'on irait au gendarme ? Ça m'a l'air bon pour personne de se montrer soupe-au-lait. Y a toujours moyen de s'entendre. C'est votre avis ?

Georges eut alors un mouvement brusque. Il prit la carafe sur la table, jeta la branche de rosier et se versa l'eau froide sur les mains.

De blanc livide, il était passé au rouge de la congestion. L'œil fou, il ne voyait plus personne, n'entendait pas l'eau qui coulait sur le carrelage et éclaboussait ses chaussures.

Il reposa la carafe et se passa les mains mouillées sur les tempes, isolé comme dans un rêve.

Les autres ne pipaient plus. Ça se passait au niveau animal. On sentait qu'au moindre soupir il était capable de tout défoncer, comme un fou traqué.

Antoinette avait seulement rejeté son visage en arrière, et cela lui donnait brusquement un goitre et des yeux globuleux de dégénérée.

Fernand aussi était devenu tout jaune, la pétoche au ventre… Le « frère » lui rendait bien vingt kilos et avait l'air costaud. Ce n'était peut-être pas le moment de trop l'asticoter. Il essaya, doucereux :

— Alors, ça va aller mieux, hein ?... Moi, je suis comme ça aussi, je prends des coups de sang !

Georges ne l'écoutait pas. Il avait l'air de calmer sa respiration. Janine était venue près de lui, minuscule souris. Elle lui prit une main et y frotta sa joue :

— Là, mon grand… On s'en va.

Il approuva de la tête et répéta :

— On s'en va.

Il paraissait étonné d'avoir les mains mouillées et les tenait gauchement un peu éloignées de lui. Puis, tout d'un coup très froid, absolument déterminé, sans violence, il mit une main sur l'épaule du petit Delouis. Il lui dit à bout portant quelque chose que l'autre ne comprit absolument pas :

— Djôdj Ray Heutch'ns, Niou Djeuzé !

— Que… Qu'est-ce qu'il dit ? balbutia Fernand.

Janine comprit que c'était peut-être la meilleure solution.

— Mon mari vient de vous dire son vrai nom. Il est déserteur de l'armée américaine. C'est votre père qui l'a fait passer pour mort. C'est encore lui qui, trois ans après, lui a procuré ses papiers.

— Je n'y suis pour rien ! fit Fernand.

— Amnistie ! lâcha simplement Georges.

— Mon mari vous dit qu'il est pratiquement amnistié. S'il se livre à la gendarmerie, nous aurons peut-être des ennuis pour usurpation d'état civil. C'est tout ce qu'on peut nous reprocher. Il fera six mois, ou un an de prison ; et même il est probable qu'il obtiendra le sursis… Le plus ennuyeux pour nous, c'est que nous aurons peut-être à recommencer notre vie, encore une fois à zéro. Mais soyez bien assurés que nous ne verserons pas un centime de plus !

— Oh ! non ! fit Georges, prodigieusement calme.

Il leva la main, écarta les cinq doigts :

— Je veux cinq millions. Je veux l'argent volé et la petite maison de ma femme ! Janine ne se prive pas seize ans pour engraisser vos gueules ! Je m'appelle George Hutchins. Je vous laisse réfléchir. Nous prenons rendez-vous et je passe prendre les cinq millions.

— Georges ! fit Janine. Attends !

Mais il était très lucide, à peine un peu tendu.

— Au taux actuel, c'est douze ou quinze millions qu'il faudrait demander. C'est ce que vous allez retrouver dans l'héritage.

Il leva de nouveau la main, doigts écartés.

— Cinq ! J'ai dit cinq !

Il claqua des doigts, son regard devint dur :

— Vous attendez mon coup de téléphone. Je m'occupe moi-même de mes affaires ! Bonsoir !

VII

Janine avait repris d'autorité le volant.

Comme elle était beaucoup plus petite que Georges, il aurait fallu rapprocher le siège, mais elle s'était contentée de modifier la position du rétroviseur. Elle conduisait un peu penchée, ne touchant pas le dossier.

— Tu as bien fait, dit-elle, ça leur fera peur !

Elle avait repris automatiquement la route de Paris. Où allaient-ils ? Elle n'en savait rien... Les gendarmes d'Isigny étaient peut-être déjà avisés ? Est-ce qu'on établirait alors un barrage pour les arrêter ? Ça paraissait invraisemblable.

— On prouvera ! dit-elle encore. L'enregistrement n'a pas donné grand-chose, mais on pourra prouver que le vieux est venu chez nous !

Et, comme Georges se taisait, elle ajouta, rassurante :

— Je suis tranquille, ils ne diront rien. Ils préféreront garder l'héritage et éviter le scandale. C'est fini, Georges, je sens que c'est complètement fini !

— Ça commence ! fit seulement l'homme. Cinq millions ! Je les aurai !

— Laisse tomber. Ça suffit déjà qu'on n'ait plus rien à payer. Ces gens-là sont beaucoup trop intéressés, ils ne nous dénonceront pas, j'en suis sûre !

Georges ne répondit pas. Il regardait ses mains.

Tout à l'heure, c'était venu au bout de ses mains. Envie d'attraper les Delouis, mâle et femelle, et de leur briser la tête, l'un contre l'autre… Jamais il n'avait ressenti ça, depuis très longtemps… Combien tuer était facile, était normal !...

Ses grosses pattes musclées de trieur de quartz promu maintenant au bureau d'études voulaient vivre, et au besoin tuer pour ne pas mourir asphyxiées. C'était là que ça s'était passé, quand le cerveau avait été déconnecté par la fureur… Les mains ! Et les mains avaient parlé un chiffre de main : Cinq !

Cinq millions ! Il n'était pas possible que tout le travail qu'il avait fourni depuis des années, que le sacrifice de Janine, servent à enrichir Delouis et son Antoinette qui n'avaient jamais pris de risques et cueillaient simplement le fruit mûr.

Pas besoin de paroles ou de raisonnement. Justice ! C'était tout !

Il ne savait pas encore comment il allait s'y prendre. Mais ses cinq millions, il les aurait !

Nationale 13. Il n'y avait qu'à se laisser couler sur Paris.

Janine calculait. Quatre heures, soleil déjà moins haut…

— Si on ne s'arrête pas en route, nous pourrons être chez nous, guère après la tombée de la nuit. Ç'aura été un voyage éclair !

— Nous ne rentrons pas, dit Georges.

Elle en fut gênée. C'était en quelque sorte la première fois qu'elle le voyait prendre une décision de lui-même. Elle avait greffé un nouvel homme, et le porte-greffe s'était depuis longtemps laissé oublier. Et voilà qu'une feuille poussait sur la tige du sauvageon ?... En parfaite jardinière elle devait la pincer tout de suite et la faire tomber.

— Je suis contre, dit-elle. On peut leur flanquer la pétoche, d'accord. Mais crois-moi, ces gens-là sont coriaces. Pour leur faire cracher cinq millions, on est beaucoup trop tendres.

— Je n'ai pas l'intention d'être tendre, grogna-t-il. Si je m'étais écouté j'en aurais étranglé un dans chaque main !

— Jolie mentalité !

Mais elle sentait qu'il disait vrai. Comme tous les autres, elle s'était vue au bord du drame de la fureur. Comme un câble abandonné, rouillé, dédaigné, qui aurait brusquement contacté du six mille volts et devenait danger de mort. Elle était inquiète et étonnée.

Il n'était pas indispensable de forcer pour rentrer le soir même. Il avait même été convenu qu'ils ne rentreraient guère avant le lendemain soir.

À l'entrée de la petite route qui filait sur Vierville et Saint-Laurent, il y avait un immense monument commémoratif. Il ne s'agissait plus d'Omaha Beach et de 1944, mais d'une certaine bataille de Formigny, où des Français avaient flanqué la pile à des Anglais, au cœur de la guerre de Cent Ans, alors que l'Amérique n'était pas encore inventée.

— Tiens ! dit Janine, intéressée, car elle avait la guerre de Cent Ans au programme du cours moyen.

Mais Georges s'intéressait très peu au connétable de Richemont. Il lui indiqua la route de Vierville.

— On y retourne ?

— On va marcher sur la plage. Je souffre d'un meurtre rentré !

Elle conduisait très mou, presque toujours en quatrième ; et sur un parcours un peu sinueux ce n'était plus des reprises mais du ravaudage.

Georges qui lui avait appris à conduire, répétait toujours comme un refrain :

— Un petit coup de troisième !

Mais là, il ne disait rien, concentré, les veines des mains saillantes et le regard fixe.

Elle suivit la route qu'ils avaient déjà prise, et ils revirent la mer qui avait changé de teinte, depuis le matin.

Au large de la plage des Moulins, les récupérateurs de ferraille avaient mis leurs engins à l'eau et travaillaient en scaphandre.

Mais ils prirent de l'autre côté, par la digue-boulevard qui allait sur Vierville.

Les vacances scolaires ne commenceraient que dans quelques jours et pour l'instant la plage était à peu près déserte.

À la fin du sable, à l'endroit où un dernier ponton défoncé surgissait, seul vestige du port artificiel, deux ou trois petits hôtels donnaient les derniers coups de pinceau pour accueillir les familles qui louaient au mois, ou à la saison.

Il y en avait un aux volets bleu pâle : « Les Flots », avec salle de restaurant et débit de boissons.

Comme la route remontait cinquante mètres plus loin, Janine s'arrêta.

C'était peut-être le meilleur endroit de la plage. Il était balisé avec un mât où, en saison, devaient être hissées les boules rouges, jaunes et vertes, langage des maîtres baigneurs.

Et presque tout de suite la falaise recommençait avec les éboulis, les chaos, les mares à crevettes et les coins à crabes.

L'air était vif et la mer moutonnait dans son bruit feutré de planétaire lessive du sable doré.

Combien de marées, depuis cette aube de lointaine boucherie ? Quatorze ou quinze mille fois, peut-être, en mortes eaux fatiguées, ou en furieuses marées d'équinoxe, la mer avait effacé peu à peu les traces du massacre.

Et, comme la bataille de Formigny à deux kilomètres dans les terres avait laissé durant des siècles des prés pourrissoirs d'une extraordinaire fertilité, l'invasion du 6 juin 1944 avec ses milliers de corps dressés vers les falaises de la Percée avait donné naissance à une race de moules légendaires, grasses, jaunes, juteuses à souhait, régal des estivants qui faisaient le circuit des plages de débarquement.

Hélas ! le cycle se poursuivait. Les moules colossales étaient maintenant attaquées et exterminées par des astéries gigantesques. Âge d'or des étoiles de mer qui devenaient là de répugnants objets, larges comme des roues de voiture, agglutinées en monstrueux magmas aux ambulacres tremblotants, rose et safran, immondes.

Une carotte au néon de bureau auxiliaire coupait l'enseigne peinte du bar de l'hôtel. Cela donnait : OMAHA BAR.

Georges avait encore dans la bouche le goût du cigare et de la gnôle de Fernand. Comme un besoin de laver cela, ne serait-ce qu'à l'eau gazeuse !

Comptoir en plastique teinté bois, emplacement d'appliques au mur. Il y avait sans doute eu de l'ambition au départ, mais c'était devenu bistrot à usage local, avec un coin-tabac qui vendait aussi des objets souvenirs et des cartes postales.

Pendant les vacances, l'ambiance devait être différente, mais pour l'instant la clientèle était composée de quatre ou cinq péquenots dégourdis qui se turent comme un seul homme à l'entrée du couple.

Quelques secondes d'observation, tous les visages tournés vers les arrivants ; classique.

Le coin près de la vitre était délaissé ; les bonshommes ne se souciaient pas de la vue sur la mer. Janine se glissa le long du mur et Georges s'assit en face d'elle, le dos tourné à la salle.

Déjà les gars du cru qui marchaient au rouge reprenaient leurs conversations, montant rapidement le ton, jusqu'aux éclats gueulés.

Une patronne au corsage de soie, air de vieille maquerelle aux jambes lourdes, s'en vint prendre la commande. Elle fut sur le point de parler, mais ce n'est qu'en ramenant les Dubonnet qu'elle remarqua :

— Vous n'étiez pas à l'enterrement d'Amédée, ce matin ?

Janine approuva, dans un sourire composé. Encouragée, la patronne insista :

— Vous ne seriez pas du côté Lehoussain, des fois ?

— Un peu, dit Janine.

— Pauvre Amédée, dit la patronne. Y a pas seulement huit jours, il était encore bien vaillant.

— C'est la vie ! fit Janine avec profondeur.

La bonne femme virait à la sangsue collante.

— À ce qu'on dit, paraît-il qu'il y aurait du bien ! Un homme qui vivait comme un pauvre !... Enfin, c'est tant mieux pour les héritiers, pas vrai ?

Janine eut un sourire plus accentué, mais un geste évasif. La patronne avait les usages du monde et n'insista pas.

Georges apparaissait hébété, au bord d'une immense fatigue. Il vida son Dubonnet d'un coup puis il se tourna sur sa chaise, face à la mer. Janine, qui le connaissait bien, pouvait constater qu'il ne se détendait pas, les yeux plissés, le regard fixe, comme un enfant à la recherche de la solution d'un problème impossible.

La petite femme aussi se sentait brusquement épuisée, avec soudain un souci d'ordre pratique qui lui montait du ventre. Le voyage, la contrariété, elle était déréglée, dans l'obligation de trouver rapidement un pharmacien.

Elle se rendit compte au bout d'un moment qu'elle relisait pour la vingtième, ou cinquantième fois les titres d'une petite affiche de cinéma ambulant qui annonçait ses programmes de juillet.

Par moments, des éclats de voix se singularisaient, se détachaient du brouhaha de conversation des péquenots. Impression de rêve éveillé...

— Pas autre chose que leurs esclaves, mon vieux !

— Mon vieux, les Français, ils s'en foutent pas mal ! Faut comprendre qu'on est leurs nègres et pas autre chose !...

C'était plat, sans aucune importance, mais la fatigue en faisait des encarts, propos bordés de noir et insipides comme des faire-part.

— Alors il lui a dit, mon capitaine, nous autres, on n'a pas demandé que vos gars viennent se faire tuer ici. Que ce soit Hitler ou Roosevelt qui commande, on fera pareil, les boulots que personne d'autre ne veut faire ? Ça change rien pour nous, la guerre…

Oraison funèbre du père Amédée ? Pas impossible. Salaud pour les uns, héros pour d'autres ; éternelle polyvalence de la nature humaine.

Il fallait s'en aller. Elle posa sa main sur le bras de Georges. Alors il lui fit face, mit ses deux coudes sur la table et rapprocha la tête, confidentiel.

— On pourrait dîner et coucher ici ?

— Oh ! non ! répliqua-t-elle aussitôt, agacée. Non, pas ici !

Il parut étonné. Tournant le buste, il jeta un bref coup d'œil à la salle.

— Pourquoi ? On peut toujours demander à voir une chambre.

La patronne avait disparu, et les cinq hommes au visage cuit ne faisaient plus attention à eux. Janine n'avait pas lâché le bras de son mari.

— Voyons, quel nom pourrions-nous mettre sur la fiche ?

— Justement, dit Georges comme s'il avait bien pesé sa décision. Je m'appelle Delouis.

Il posa sa grosse main sur celle de Janine. Il avait repris figure humaine et ne faisait plus peur. Il parlait très doucement d'une profonde voix de basse.

— Poker !... Mon jeu… bien meilleur… si je reste Georges Delouis. Demander cinq millions, pas possible ! Moitié héritage… Bien meilleur.

— C'est très dangereux, souffla-t-elle. Nous n'avons rien fait de malhonnête jusqu'à présent. Nous n'avons causé de tort à personne…

Il lui tapota la main.

— Conservez morale instruction civique pour vos petits enfants de l'école.

De nouveau, il s'exprimait plus péniblement en français, comme chaque fois qu'il était profondément ému.

— Je viens ici pour savoir que le frère normand, il sait, ou il sait pas… Page tournée… Sale bonhomme comme son père. Mange son gâteau et le veut encore en entier. Je dis non !... Je suis frère, droit à la moitié !... S'il ne veut pas que je suis son frère, c'est tant pis ! Mais s'il veut que je suis son frère, il a aussi la moitié !... Et je suis reconnu par lui devant le notaire.

— Non, Georges…

— Et il peut plus faire maître chantage.

— Mais il n'acceptera pas. Elle, surtout, n'acceptera jamais !

— Poker ! répéta-t-il. S'il veut pas que je suis son frère, alors je suis Hutchins, je fais la prison, mais je fais le procès chantage. Bloquer l'héritage, et peut-être tout gagner !... Bonnes cartes !

Les yeux agrandis, Janine éprouvait un sentiment d'horreur et de révolte. Pas contre Georges ; celui-là elle l'aimait, totalement. Mais c'était justement comme un enfant qui parlait de s'émanciper, qui refusait ses conseils de prudence et voulait prendre le risque total, cette alternative qu'elle avait toujours repoussée plus loin, pour aboutir à la conclusion que cette vie-là ne valait plus la peine d'être vécue… Sa vie, à elle, son choix, où elle avait d'ailleurs investi la quasi-totalité des sacrifices. Tout cela devait se jouer maintenant sur un coup de dés ? C'était impensable.

Elle aurait voulu trouver des arguments, mais elle avait la tête désespérément vide.

De nouveau, le décor s'animait comme en chambre d'écho, avec des bribes de phrases qui surnageaient. Un peu comme si la tête lui tournait.

— Heu là, regardez donc voir qui c'est qui vient !

— Bé, dame, il a mis ses chaussures à bascule, l'Amerloque !

— Hé, Tronelle, viens donc voir dans l'état qu'il est ton patron !

— N'arrivera jamais ici, tiens !

Les hommes s'étaient levés et s'étaient groupés à la porte, excités.

— Vraie cuite de cocu !

— Bien fait pour ses pieds ! On n'achète pas nos femmes !

Observant un spectacle, ils s'exclamaient tous ensemble, jubilant :

— Aïe donc !

— Du vent dans les voiles !

— Tombera-t-y, Jo-la-Tomate !

À son tour, la patronne vint à la porte.

— Si c'est permis !

— Allez, Germaine, on le finit ?

— Non, pas de scandale avec les gens du cimetière, ici !

S'approchant de la vitre, Janine vit alors l'homme annoncé. Crâne rouge, blouson lâche, il était assez loin sur la grève, marchait avec une dignité d'ivrogne, titubant d'un coup, se redressant, avec des gestes et probablement un discours du côté de la mer.

Elle le reconnut aussitôt. En un éclair elle eut le choc et l'intense soulagement de trouver un argument majeur… Certainement, on ne pouvait plus rester !

— Regarde !

Georges se tourna tout à fait et vit à son tour Reilly qui gesticulait sur la plage. Mais cette fois il n'avait plus la surprise et il encaissa froidement.

— Je me demande ce qu'il fait là ?

— Je crois comprendre qu'il travaille au cimetière.

— Ah !

Cela expliquait tout et effaçait le côté miraculeux de la rencontre.

— Allons-nous-en ! dit doucement Janine.

Mais Georges regardait son ancien sergent faire le guignol sur la grève, ridicule ou pathétique, suivant qu'on le détestait ou qu'on éprouvait de la sympathie.

— Faudrait qu'il se casse la gueule, ce gros fumier !

— Hé ! Tronelle, t'irais bien lui faire un croche-pied !

— C'est un con, c'est bien fait pour lui !

Ces gens-là n'aimaient pas l'homme seul, l'homme à la mer ; c'en était criant.

Janine avait préparé son billet et appelait :

— Madame !

La patronne quitta le spectacle à regret, prit le billet, rendit la monnaie.

— Qui est-ce ? demanda Janine en désignant la grève.

La grosse femme en corsage de soie qui suait des aisselles feignit l'indifférence.

— Oh ! sa femme est partie avec un gars de Bayeux. Elle avait bien vingt ans de moins que lui, alors vous savez !...

Deux des hommes étaient sortis, dont celui qui s'appelait Tronelle, pour jouir plus pleinement du spectacle. Ils traversèrent le boulevard jusqu'au bord de la digue.

La patronne était retournée à la porte, pour ne pas en perdre une miette.

— Allons-nous-en, répéta Janine.

Elle se leva.

Dehors, les hommes avaient l'air d'interpeller le sergent, lui faisaient signe de venir. Reilly les avait aperçus et se dirigeait vers eux.

Alors Tronelle retraversa le boulevard en coup de vent.

— Une bouteille de goutte, Germaine, qu'on le finisse là ! On va le faire ramasser par les gendarmes !

— Pas de scandale ici, s'obstina Germaine.

— Mais bon Dieu, ça ne se passera pas chez toi ! Je le finis là, sur le sable !

— Non ! dit Germaine. Emmène-le ailleurs si tu veux. Moi, je ne veux pas voir ça.

Georges avait le nez contre la vitre et ne bougeait plus, hypnotisé. Janine lui tira le bras :

— Viens, je t'en prie, il va te reconnaître.

Alors il se leva à regret. Ils passèrent devant les hommes et la patronne Germaine qui leur dit, complice :

— Qu'est-ce qu'il tient !

Tronelle était de nouveau en haut de la digue.

— Par ici, sergent !

En bas de la levée cimentée il y avait une mare saumâtre, pleine d'algues et de détritus. Comme un enfant perdu, Reilly se dirigea vers ce qu'il croyait être sympathie. Il avait déjà les pieds trempés et patauger un peu plus ne le gênait pas... Il traversa la mare, l'eau jusqu'aux genoux.

La pente cimentée était assez raide, mais avec ses grosses pierres en brise-lames elle était accessible pour un homme en état normal. Reilly comprit qu'il ne pourrait pas grimper... Il marchait déjà vers un escalier à une cinquantaine de mètres... Alors Tronelle descendit un peu et tendit la main.

Dès cette seconde, Janine devina ce qui allait se passer. Elle tira son époux :

— Viens, viens vite !

À une vingtaine de mètres d'eux, Tronelle avait attrapé la manche du sergent titubant, puis, feignant d'être déséquilibré, il le relâcha, peut-être même en le poussant un peu.

Reilly battit l'air et tomba le cul dans la mare, dans un éclaboussement d'eau jaunâtre.

Éclats de rire. L'homme cherchait à se relever dans l'eau, retombait, ahanant comme une bête, couvert de vase et dérisoire.

Janine sentit le frémissement dans le bras de son homme. Sans surprise, presque soulagée, elle le vit qui traversait rapidement la chaussée et s'engageait sur la pente.

— Laissez-le donc ! dit Tronelle. Ça lui fait du bien !

Reilly ne luttait plus, soufflant comme un phoque, assis dans l'eau puante de vase, avec un regard de vieux cheval battu.

Georges tendit la main pour le tirer de là.

— Venez, sergent !

Mais l'autre ne le regardait même pas.

Alors il entra dans l'eau, le prit sous les aisselles, le souleva.

Le sergent tenait encore debout, mais n'émettait plus qu'une espèce de bêlement, demi inconscient.

Ils tournèrent le dos à la levée, retrouvèrent le sable sec.

Janine était restée près de la porte, avec les autres. Elle entendait les réflexions.

— Peut pas le laisser où il est, celui-là !

— De quoi qu'il se mêle… !

Sur la grève, Georges avait passé son bras sous celui de Reilly et avait l'air de lui parler presque à l'oreille.

Spectacle lamentable. Reilly complètement trempé ; mais ce qui intéressait la pratique Janine, c'était le bas du pantalon de son homme, le beau peigné feuille morte, maintenant envasé, strié d'algues collantes qu'il traînait en paquets à ses pieds.

Comme si on lui enfonçait un fer dans la peau, le sergent se raidit soudain. Et de la loque mouillée, il redevint l'ivrogne digne qui voulait marcher seul. Georges se contentait de le tenir par la manche.

Ils montèrent assez péniblement les marches du petit escalier, débouchèrent sur la chaussée.

Alors, tous les autres faux-culs vinrent se pointer, doucement hilares et compatissants :

— Eh ben, mon pauvre homme, vous v'là propre !

— Venez donc boire un coup pour vous remettre !

— Sûr que vous avez gagné la médaille !

Tronelle s'était approché de Germaine :

— Y a qu'à téléphoner au capitaine pour qu'il vienne le chercher. S'il le voit dans cet état-là, ça lui fera de l'avancement !

Ce qu'il pouvait y avoir de droit, de maîtresse d'école, se cabra brusquement en Janine.

— Mais qu'est-ce qu'il vous a fait, ce pauvre homme ?

Surpris, Tronelle la regarda.

— Ça, ma petite dame, on s'occupe pas de vos affaires. Alors, ne vous occupez pas des nôtres ! Il ne veut point de mon fumier, ben, il n'aura qu'à se mettre lui-même sur le tas, à c't'heure !

Ça ressuintait de haine de Bas-Normand, longtemps retenue, comprimée sous des années de sourires et pchitant tout d'un coup, mais en ayant bien soin de ne pas se mettre dans son tort !

Georges entraînait de nouveau le sergent, cette fois vers la voiture.

Janine comprit. Pour rien au monde, elle n'aurait voulu ça, mais elle accepta. Elle se mit au volant et laissa les deux hommes s'installer à l'arrière, dans un tangage des ressorts de la petite lessiveuse.

Cela ressemblait effectivement à un sauvetage. Elle mit en route, leva immédiatement les petits abattants pour chasser l'odeur de vase et de chien mouillé.

Elle ne savait pas encore ce qu'on allait faire de cet homme, mais pour l'instant il importait de le mettre hors de portée des charognards.

Elle quitta la plage par le petit vallon. Derrière on ne disait rien, et c'était mieux comme ça. Dans cet état, le sergent avait peu de chance de reconnaître réellement Georges.

Se haussant un peu, elle aperçut dans le rétro le visage trempé du bonhomme, maculé de vase, avec un filament de varech sur l'épaule. Bien sûr, ce qu'on ferait pour un chien, il fallait bien le faire pour lui : le ramener à sa niche.

Au croisement de Saint-Laurent, elle prit la route de Colleville, sans consulter personne. Petite route très étroite à vitesse limitée, aux virages brutaux et aveugles.

Elle conduisait toujours aussi mollement, le pied lourd et la main absente, à la fonctionnaire.

Presque à l'entrée du village elle prit la route privée du Mémorial avec ses bas-côtés passés à la tondeuse. Elle avait l'angoisse à l'estomac. Ce grand cimetière qui dominait la mer lui faisait peur… Idée de la sale mort, d'une croix parmi les innombrables, marquée George Hutchins… Non, elle n'entrerait pas dans cette saloperie !

À la porte monumentale il y avait un petit parking. Elle manœuvra pour s'arrêter, mais Georges intervint :

— Vaudrait peut-être mieux aller le plus loin possible !

Et il demanda à l'homme.

— C'est bien là que vous logez ?

Le sergent fit un gros effort pour articuler :

— Je vous remercie de déranger vous. Peurmise entrer, s'il vous plaît. C'est mieux que les touristes voient pas que je suis mouillé.

Il y avait en effet des petites familles photographieuses ; ce n'était pas le lieu d'un scandale. Janine embraya et pénétra.

À l'intérieur de l'enceinte, entre des pelouses bichonnées comme dans un square de préfecture, il y avait un autre parking. Mais les pavillons du personnel étaient sur la gauche derrière un petit portillon tubulaire agrémenté du signal d'interdiction.

De nouveau Janine arrêta la voiture. Le sergent essaya de se lever, vêtements collés au corps. Il parut honteux et demanda :

— Vous pouvez pousser la porte.

Georges descendit. Lui aussi était en triste état. Ses bas de pantalon paraissaient noirs et ses chaussures étaient encroûtées dans une boue verdâtre et fétide.

Un homme sortit d'un petit pavillon, à une trentaine de mètres. Tout en faisant un signe négatif de la main, il cria :

— Monsieur ! S'il vous plaît ! Interdit !

Puis il aperçut Reilly dans la voiture, s'approcha. Il parut gêné de le voir en cet état.

— Filez vite, mon vieux, le capitaine n'est pas là !

C'était le portier Power. Il toisa Georges, tiqua sur le pantalon mouillé, parut comprendre et demanda à voix basse, dans un français correct :

— Vous avez vu le curé de Saint-Laurent ?

— Pardon ? fit Georges.

Power était trapu, petite taille et voix onctueuse de bedeau. Il regarda Janine qui conduisait.

— Peut-être vous êtes de la famille de madame ?

— Non.

L'autre n'insista pas, soupira et leur fit signe de passer.

Le pavillon de Reilly était le dernier, au fond d'un tout petit dédale d'allées en chicane. Quand la voiture s'arrêta devant les roses grimpantes, il retrouva son air hébété et s'accrocha au siège comme s'il refusait de bouger.

Georges fit le tour de la voiture pour l'aider à descendre, mais Janine n'avait pas quitté le volant, têtue, absente. Elle n'avait même pas coupé le moteur pour ne pas rester une seconde de trop dans ce lieu qui lui faisait horreur.

Elle vit les deux hommes qui montaient la marche du petit perron, trempés, minables. Le costume de Georges était fichu, à passer au teinturier. Elle en éprouvait une haine sourde contre ce sergent cocu et ivre qui les mettait dans cette situation.

Appuyé contre la porte, la tête basse, Reilly fouillait ses poches, sans doute à la recherche de sa clef ; mais Georges n'eut qu'à appuyer sur la poignée pour ouvrir.

Ils entrèrent tous les deux et Janine, impatiente, côtoyant la crise de nerfs, se mit à compter les secondes.

Elle tremblait. Quelque chose en elle criait : DANGER !

Par une échappée dans la haie de roses pompons, elle pouvait voir une partie de l'alignement des croix blanches. À l'une des croix manquait un homme, *son* homme !... C'était fou d'être venu là… Repartir vite, très vite, loin de ce gazon trop vert et de ces croix trop blanches tournées vers l'Amérique, qui ne recouvraient même plus les vers et la pourriture, mais la nudité verdâtre et souillée des ossements enfouis sans dignité, sans unité ! Des bassins, des côtes, des fémurs, des clavicules ! Des rotules déboitées, des articulations éparpillées comme des roulements aux billes perdues ! Des maxillaires aux dents noircies, des crânes aux orbites vides, à l'intérieur curé comme une gamelle par temps de famine !... Les morts, les nombreux, les « plus nombreux » ! Ils étaient là chez les plus nombreux, chez les plus forts !... Et toutes ces roses, ces héliotropes, ces rhododendrons, les seringas, les troènes et l'impeccable gazon à discrète odeur de foin frais coupé, tout n'était là que comme les tentacules vibratiles et translucides d'une monstrueuse anémone de mer, prête à happer les vivants pour un festin obscur, au fond d'un estomac aux acides visqueux et foudroyants.

Elle entendit qu'on l'appelait. Et quand elle vit son homme dans l'encadrement de la porte elle eut l'impression de recevoir un coup.

Il avait retiré son veston et ses chaussures, comme s'il s'installait dans cette maison. Il lui fit signe de venir… Alors elle secoua la tête négativement, avec violence.

Il s'approcha, laissant des traces de pieds mouillés sur la pierre blanche. Passant la main par l'abattant, il coupa le contact.

— Allons, viens ! On va récupérer… Viens, tu vas nous faire du café.

Il ouvrit la portière et remarqua alors comme elle était blanche et crispée.

— Qu'est-ce que tu as ?

— Allons-nous-en ! chevrota-t-elle.

Il paraissait au contraire reposé, presque heureux. Il montra simplement ses pantalons crottés.

— Comme ça ?

— Il va te reconnaître, fit-elle. On joue avec le feu.

— Pour ça, dit-il, je crois que c'est déjà fait… Il m'a appelé par mon nom.

Il n'avait pas l'air inquiet ; un sourire doux au coin des lèvres, il ajouta dans un murmure :

— C'est bon, d'être appelé par son nom.

— Oh ! viens ! cria-t-elle. Je t'en supplie, Georges, viens ! Viens vite !

— Mais je suis trempé, dit-il dans un sourire. Laisse-moi au moins me sécher… Il y a une cheminée.

Il prit la clef de contact et la mit dans sa poche. Il lui saisit le bras pour la tirer doucement. Alors elle lança comme un argument :

— Georges, je vais avoir mes règles.

Il prit un air agacé, soupira, lui rendit la clef.

— Comme tu veux ! Moi, je veux me sécher !

Elle comprit qu'il ne la suivrait pas et elle sortit de la voiture.

— Ce n'est pas à la seconde.

En entrant dans le couloir elle entendit le bruit répugnant de l'homme qui vomissait dans les waters.

Il y avait un petit living meublé en rustique normand. Murs récemment repeints en jaune clair, mais tout était sale et en désordre… Plus que du désordre, un vrai massacre !... Un lampadaire basculé à terre, abat-jour piétiné, des cadres descendus, des débris de verre, une chaise au pied brisé… Fureur aveugle d'un homme seul… Dans la petite cheminée de briques peintes, vestiges d'un feu purificateur où restaient demi calcinés, des papiers, des photos et même de la lingerie à dentelle monoprix.

Dans la cuisine, il y avait de la vaisselle brisée dans l'évier et le frigo était grand ouvert. En le refermant, Janine vit l'émail maculé au rouge à lèvres vengeur : SAL PUTTIN, avec une paire de fesses et un attribut mâle pour compléter le tableau.

Alors la petite femme-souris retroussa ses manches, commença par effacer l'inscription avec une éponge mouillée, alluma le chauffe-eau et se mit à la vaisselle.

VIII

À travers les hortensias bleus de la vitrine, Mme Deshaies aperçut la Chevrolet qui passait lentement dans le bruit velouté de ses huit cylindres.

Elle reconnut Norah Mason, seule au volant, et vit qu'elle manœuvrait pour se garer un peu plus loin dans un créneau.

Pas de client dans la boutique, où se mêlaient les odeurs des fleurs avec un fond de graines séchées, comme dans une vieille herboristerie.

D'émotion, la mère Deshaies ressentit la petite pointe piquante à l'épigastre. Elle courut dans l'arrière-boutique, puis dans la serre attenante encore chaude des rayons du soleil de l'après-midi.

— Claudine !... Ta capitaine !

La jeune femme était à sa table de fleuriste, au fond de la serre. Avec une petite pince plate et un lot de fils de fer, elle commençait à apprêter une couronne mortuaire à livrer le lendemain de bonne heure. Elle devint toute rose, gênée.

— Elle me demande ?

— Elle a arrêté la voiture devant chez Pajot, mais je crois qu'elle vient ici. Qu'est-ce qu'on fait ?

— Je ne suis pas là, dit Claudine.

Elles entendirent le petit carillon de la boutique qui tintait.

— Je veux être toute seule, reprit la jeune femme un peu angoissée. Qu'on me laisse toute seule !

La mère haussa les épaules.

— Ma pauvre petite, tu sais bien ce que tu fais, oui ?

— Je suis majeure, dit Claudine, têtue.

— T'es majeure, mais t'es mariée !... Enfin, ça te regarde !

Mme Deshaies revint à la boutique, une main sur l'estomac.

C'était bien Norah Mason, grande, un peu voûtée, fagotée à l'artiste, avec ses cheveux taillés raides, son visage brique de blonde cuite au soleil et ses lunettes à monture de nylon qui jetaient des reflets.

On était toujours à se demander si elle était très belle, ou très moche. Comme une statue, ça dépendait de la façon dont elle attrapait la lumière. Et, à chaque instant, suivant les angles, elle variait continuellement, du souillon à la dame patronesse, en passant par l'artiste j'm'en-foutiste et la fille au grand cœur qui avait suivi « exprès » les cours de secourisme. En somme, une femme complète.

La petite Mme Deshaies, grassouillette, sans menton, mais aux yeux noirs et vifs, élabora l'expression de la surprise.

— Tiens, par exemple…

Norah eut un bref sourire lumineux. Elle avait une jupe de tweed épais pour enrober un peu ses jambes masculines et un corsage de cachemire bariolé, d'ailleurs très joli, rappelant vaguement la tenue léopard des parachutistes.

Son sac à main n'était ni grand ni immense, il était monumental, de forme oblongue, comme s'il contenait tout un lot de flageolets et de flûtes traversières.

Elle ouvrit le sac dont les mâchoires étaient dignes d'un crocodile, plongea le bras, et avec une étonnante précision, y trouva sans regarder, sans chercher, une petite carte de teinte chamois ; à croire que le sac en était plein.

Elle la tendit à la fleuriste.

— Nous donnons dimanche soir un concert spirituel au Conservatoire de Caen. Si cela vous fait plaisir d'y assister…

Mme Deshaies prit l'invitation, perplexe. Elle jeta un coup d'œil sur le carton, où se détachaient les noms de Praetorius, Lassus, Bach, et autres spécialités soporifiques.

— On ira peut-être y faire un tour avec mon mari, dit-elle.

Elle se doutait bien que l'invitation n'était qu'un prétexte. Elle ajouta très vite :

— Dommage que Claudine ne soit pas là !

— Dommage, dit Norah qui parlait un français très étudié avec une voix monocorde de fille calme. J'aurais plaisir à bavarder avec notre chère petite Claudine qui nous manque beaucoup.

Au cimetière, les relations entre les femmes étaient pratiquement inexistantes ; mais Mme Deshaies n'était pas obligée de le savoir. En bonne Normande, elle trouva que l'Américaine entrait un peu trop vite dans le vif du sujet… *Time is money !*

— Claudine est une enfant, dit-elle. Mais c'est une enfant qui n'aime pas être battue.

Norah eut de nouveau un sourire merveilleux, en même temps qu'un geste prudent qui ne voulait rien dire ; une fille de haute éducation !

— On raconte un tas de bêtises, fit Mme Deshaies qui sentait s'ouvrir son cœur. Et d'abord, ma fille n'est pas partie avec un amant ! Nous sommes une famille honnête. Steve est venu nous faire une scène, lundi soir… Heureusement que la petite n'était pas là !

— Steve est aussi un enfant, dit Norah. Croyez-moi, un grand enfant. Quel dommage que je ne puisse pas avoir une conversation sérieuse avec notre petite Claudine. Je suis certaine que tout pourrait s'arranger.

Et elle ajouta avec compassion, en ramenant son sac sur le ventre avec ses grands bras croisés, ce qui lui donnait un air d'assistante sociale :

— Steve est très éprouvé, vous savez !

— Il n'avait qu'à pas la battre, se rebiffa la mère. Et puis, qu'est-ce que vous voulez, il devenait radin… Je sais bien qu'il n'a pas la solde de votre mari, mais ça ne coûtait tout de même pas tellement cher d'avoir la femme de ménage trois fois par semaine.

— Steve ne m'a pas fait ses confidences, dit Norah, mais d'après James, il faisait des économies pour passer des vacances aux États-Unis.

— Oui ? fit la fleuriste, chèvre-chou. Eh bien, c'est votre pays, madame Mason. (Elle prononçait : Maçonne), je ne vais pas en dire de mal, bien sûr, mais quand elle en est revenue, il y a trois ans, la petite n'était pas particulièrement emballée. Ça m'étonnerait que ce soit elle qui lui ait demandé d'y retourner.

Norah accentua le sourire. Le fait de travailler de l'embouchure lui faisait soigner particulièrement ses lèvres et ses dents. Une vraie réclame pour dentifrice. Le sourire « Cheeze » dans toute sa splendeur.

— Notre Steve est un peu héros national, surtout aux frontières du Kansas. Je crois que son voyage de noces a été, en fait, un circuit de banquets d'anciens combattants où notre Steve ressortait son bel uniforme et sa batterie de décorations. Voyez-vous, ce n'est pas un homme supérieurement intelligent, mais c'est un brave type, comme vous dites en français.

Mme Deshaies restait un peu froide.

— Claudine a vu le docteur. Elle fait de la dépression, vous comprenez ? Elle ne se plaît pas au cimetière.

— Moi non plus, dit Norah. Alors, je joue de la flûte. C'est bien, je crois, ce qu'on dit en français ? S'évader, jouer des flûtes, n'est-ce pas ?

Elle secouait la tête en fermant les yeux, d'un air faussement canaille, pour souligner son bon mot ; mais la petite mère Deshaies restait concentrée et n'embrayait pas sur le mode familier. Elle paraissait petit pot à tabac à côté de la grande Norah aux cheveux raides, mais bien qu'elle lui rende une quinzaine d'années elle semblait presque plus jeune, plus accessible et, finalement, plus appétissante. En voyant la mère on pouvait imaginer ce que serait la fille dans une vingtaine d'années ; vraie variété remontante qui donnait des fleurs et des fruits durant toute sa saison.

Dans le calme de la petite rue pavée on entendait passer les rares voitures, tandis qu'à la cathédrale le tintement de la Mathilde annonçait les complies ou l'angélus. Il y eut un petit bruit dans l'arrière-boutique, et les deux femmes n'eurent aucune surprise en voyant paraître Claudine dans son tablier de fleuriste à grande poche ventrale d'où sortaient les raphias, les fils de fer et la pince plate.

Elle ne paraissait pas hostile, juste un peu angoissée.

— C'est Steve qui vous envoie ?

Norah usa de son sourire parfait, comme le cuirassé qui utilise ses batteries de 420, même pour saluer un pavillon ami.

— Bonjour, Claudine. Merci de me recevoir… Non, ce n'est pas Steve qui m'envoie, ni même James. Ma visite n'a rien d'officiel, tout à fait amicale.

— Venez, dit la jeune femme.

Elle l'entraîna dans la serre où dominait l'odeur des mignardises. Toutes les vitres étaient soulevées sur leur crémaillère et le climat restait un peu exotique, mais supportable.

Le fond de la serre était aménagé pour y travailler, presque pour y vivre, avec la grande table sur chevalets, la pendulette, le transistor éteint, la chaudière à thermostat et le petit classeur qui devait contenir les factures, la correspondance et la machine à écrire sous housse de moleskine.

Il n'y avait malheureusement pas de chaise. Un simple tabouret et une caissette sur champ avec coussins de plastique.

— Steve est très malheureux, dit Norah. Je crois qu'il a un peu perdu son contrôle. Il boit… Il boit beaucoup ! Je ne pense pas que cela lui soit arrivé souvent avec vous ?

Claudine avait un air agacé, gêné, jouant avec les fleurs coupées.

— Non, dit-elle. Il se tenait. Pas de reproche à lui faire de ce côté-là… À Topeka, il était soûl tous les jours, c'était pas marrant ! Pour les copains, il était peut-être le héros à médailles, mais, moi, à l'hôtel, j'étais obligée de lui délacer ses souliers et de lui enlever son caleçon. Comme voyage de noces, c'était réussi ! J'avais dix-sept ans, vous vous rendez compte !

— Je vois, dit Norah. Cela vous a traumatisée.

— Ça m'a trop quoi ?

— Peu importe, dit Norah. Mais je ne veux pas croire que vous n'ayez avec lui que des mauvais souvenirs.

Claudine se tut, fixant la table, butée.

— Il vous aime, dit Norah.

— Plus moi, fit la petite.

La grande Américaine s'était assise sur la caissette. Elle regardait malgré elle la petite qui lui tournait le dos, comme boudeuse, nue sous son tablier, souple et fraîche comme une gamine.

— On doit toujours se trouver en face de ses responsabilités, dit doctement Norah. Je ne sais pas du tout quelles sont les intentions du capitaine Mason, mais je crains qu'il n'ait pas le choix. Il ferme les yeux, ou il devient officiel. À titre privé nous comprenons parfaitement Steve. Mais le point de vue officiel est beaucoup plus étroit. La position du sergent Steve Reilly ne permet pas qu'il soit un objet de scandale. Et la solution du problème n'est hélas ! pas très souple : c'est le renvoi en Amérique avec un blâme... Ma chère Claudine, je vous parle en amie, croyez-vous que notre pauvre Steve mérite bien cela ?

Claudine haussa les épaules.

— C'est pas moi qui me soûle ! Moi, je veux qu'on me fiche la paix, c'est tout ! Du cimetière, j'en ai jusque-là ! Je suis jeune, je ne peux plus vivre avec les morts.

Norah eut un curieux regard vers la couronne mortuaire que préparait la fleuriste.

— Nous vivons tous parmi les morts, ma chère Claudine. Puis-je vous poser une question amicale, tout à fait entre femmes ?

Elle se leva, alla jusqu'à la vitre, d'où elle voyait, du haut de son mètre soixante-dix-huit, l'alignement du jardin fleuriste. C'était une intellectuelle, pétrie de bonnes intentions. Elle dit à mi-voix, un peu gênée :

— Tout à fait entre femmes, est-ce que la mésentente repose sur une base sexuelle ?

— Sexuelle ? répéta Claudine, comme si on lui parlait un langage étranger. Qu'est-ce que vous voulez dire ?

Elle se tourna vers l'Américaine qui devint rouge, infiniment plus savante et d'autant moins naturelle.

— Eh bien, ma chère Claudine, c'est une simple hypothèse, mais le fait qu'au bout de quatre ans de mariage vous n'ayez pas d'enfant…

— Vous voulez savoir s'il est impuissant ? demanda Claudine avec simplicité. De ce côté-là, ça va. Des fois, il est même un peu barbant. Quand il se met à la bière, au spam et au corned-beef du P.X., il est plus mou ; mais dès qu'on se remet à la cuisine française, ça va !

— Alors ma chère Claudine, si j'ose me permettre, qu'est-ce que vous lui reprochez ? D'être nettement plus âgé que vous ?

Claudine s'interrogea à peine.

— Y a un peu de ça, convint-elle sans chaleur. Bien que, vous savez, y a aussi des gars dans mes âges qui me font du baratin, par ici... Ils sont cons ! Mais ils sont cons !

— En somme, ce n'est pas forcément une question de différence d'âge ? Est-ce que Steve vous brutalise ?

— Jamais ! dit catégoriquement la petite. Manquait plus que ça ! Il m'a foutu une paire de baffes, ça suffit comme ça !

— Votre maman m'a laissé entendre que vous regrettiez que Mme Coulibœuf ne vienne plus faire le ménage chez vous... En expliquant la chose à Steve, je pense que cela pourrait fort bien s'arranger.

— Non, s'entêta la petite. Non, non ! Je ne veux plus retourner là-bas. Je ne sais pas comment le capitaine est avec vous, madame Norah, mais je ne vous souhaite pas d'être la femme d'un héros ! Il m'a eue avec ça quand j'avais dix-sept ans... Le débarquement, les hommes de sa patrouille, le premier Américain à percer les lignes... Les citations, les coupures de journaux, la photo où Eisenhower lui serre la main... C'est flatteur pour une gosse, vous comprenez. Mais maintenant je suis majeure, je vois les choses autrement. Je vois seulement que je suis la femme d'un sergent de carrière, enfermée dans un cimetière, avec un bonhomme qui est trop bête pour passer seulement adjudant, depuis vingt ans !

— Il faut avouer que Steve n'est pas très doué, dit Norah. Mais c'est un homme de cœur. Il a du bon sens, comme vous dites en français. Avez-vous songé que, parfois, la naissance d'un petit bébé arrange tout ? Steve a peut-être tendance à vivre un peu trop au garde-à-vous ; la présence d'un enfant au foyer en ferait, non plus un héros, mais un père. Pensez-y, ma chère Claudine.

La petite fronça les sourcils, réfléchit et décréta :

— Non ! Je n'ai pas envie de devenir une mitrailleuse… Pan, pan, pan ! Un petit Américain tous les ans ! Merci ! Vous ne connaissez pas Steve. Si son gosse jouait à la trottinette entre les croix, il serait fichu de lui faire passer le conseil de guerre ! J'en ai vraiment soupé, de tous ces héros, comprenez-vous ? J'ai l'impression de coucher avec les morts. Quand je mets un slip neuf, j'aimerais que mon mari trouve cela plus important que l'envoi des couleurs ! Les morts qui nous ont libérés… Éternelle reconnaissance… La barbe ! J'aimerais mieux être comme les touristes, penser à ça une fois par an ; c'est tout !

— Je vous comprends, dit Norah, un peu pincée. Vous n'êtes citoyenne américaine que par le mariage. En tant que femme, je peux encore vous comprendre, la vie dans un cimetière n'est pas très gaie. Mais nous devons nous rappeler que des milliers de jeunes gens sont morts ici... Ont fait le sacrifice de leur vie...

—... pour libérer notre pays du joug de l'oppresseur, termina rapidement Claudine avec lassitude... Nous sommes les nobles gardiens du Souvenir, et tout le bastringue ! Madame Norah, tout ça, c'est des mots, pour moi. Je faisais encore pipi dans mon berceau quand ça s'est passé.

— N'en parlons plus ! dit Norah, cette fois assez sèchement.

Claudine perçut le changement de ton et s'en trouva navrée. Elle avait eu l'intention de mettre les choses au point, pas de faire de la peine... Mais à quoi bon revenir là-dessus ? Elle demanda doucement :

— Il... Il fait parler de lui ?

— Il ne s'occupe plus de rien, fit Norah avec reproche. Ça nous pose des problèmes. Faire envoyer les couleurs par Power qui est seulement caporal, ce serait comme désavouer son supérieur. Alors, nous mettons le réveil, et James est obligé de...

— Je comprends, dit la petite. C'est pas drôle comme corvée.

— L'honneur ! répliqua aussitôt l'Américaine. Mon mari est obligé de priver Steve de l'honneur de hisser le pavillon... Il est obligé de discuter de fumier et de désherbant avec les jardiniers. Ça enlève de la dignité à sa fonction. Il faut comprendre, ma chère Claudine. Nous autres, femmes d'officiers ou de sous-officiers, nous devons aussi épouser leur carrière.

— Justement, dit la petite, j'aimerais savoir si Steve est marié avec ses morts, ou avec moi ?

Norah se rendit compte que les paroles fortes glissaient sur Claudine comme sur une toile cirée. Elle retrouva son sourire mondain, ouvrit son crocodile et y plongea la main.

— Nous donnons dimanche soir un concert spirituel, à Caen...

Claudine était hypnotisée par l'importance du grand sac. Simple et pratique, elle demanda :

— Est-ce que vous pourriez emmener un colis, madame Norah ?

L'autre eut un haut-le-corps.

— Un colis ?

— Je voulais le mettre à la poste, mais puisque vous êtes là...

Elle prit une petite boîte en carton de forme oblongue, comme le sac de Norah, mais en moins imposant, marquée : « Maison Laugier-Deshaies, Pierre Deshaies, Successeur, fondée en 1860, horticulteur-fleuriste. Correspondant Interflora, Spécialité de couronnes mortuaires. »

— C'est ce matin, dit-elle, je me suis trouvée toute bête, au marché. J'ai acheté des chaussettes en nylon et deux maillots de corps grand patron pour Steve, avant de me rappeler qu'on était fâchés. Et puis je lui ai fait un gâteau de riz au caramel, comme ça il sera tout de même moins seul, ce grand idiot.

Durant une seconde ou deux, la grande se crispa, devint aussi laide et aussi revêche qu'une « fille de la Révolution » ; puis, comme si elle accrochait une nouvelle lumière, elle se transforma d'un coup, devint un grand ange de cathédrale au sourire doux... Ses lunettes envoyaient des reflets où l'on distinguait l'armature de la serre. Elle jeta son sac qui, de la caissette, tomba à terre.

Elle s'approcha de la jeune femme, ouvrit ses grands bras. Vigoureusement elle lui écrasa des bécots sur les joues, retrouvant bizarrement dans l'émotion un vieil accent mal canalisé :

— Moi aussi, chérie petite ! Moi aussi, j'en peux plous gâder les maorts !

IX

La croix blanche était éclairée par le soleil horizontal qui se couchait sur le Cotentin.

GEORGE R. HUTCHINS
P.V.T. 116 INF. 1 DIV.
New Jersey June 6 1944

Janine serra la main de son homme.

— Viens, Georges !

Il murmura quelque chose d'indistinct en américain, ce qui ne lui arrivait jamais.

— Qu'est-ce que tu dis ?

— Rien ! fit-il. Ça fait un drôle d'effet.

Sa tombe se trouvait entre l'étoile de marbre d'un P.V.T. israélite de l'Ohio et la croix d'un sergent californien. Mais, comme dans une photo de groupe, il ne voyait plus que lui-même, ou du moins son nom, là, gravé sur le marbre.

Il avait un pantalon de l'armée en gabardine, un chandail un peu vague, marqué du début de brioche du sergent Reilly.

Celui-ci était en retrait ; maintenant douché, changé, le crâne rouge sous un calot, et les bajoues en étrave de péniche. Il paraissait rajeuni, l'œil d'un bleu porcelaine, reflets blonds dans les cils qui lui donnaient un regard de bon verrat satisfait. Il contemplait son copain, débordant d'une espèce de joie qui venait du cœur, primitive.

Complice et bienveillant, il se passa la main sur le crâne.

— Le cheveu, madame ! Lui, se blanchir. Moi, se pâtir !

Et il entra dans un rire comme on entre en religion, avec transes et tremblements, le ventre secoué et l'œil extatique, le flux de gorge ne venant qu'au bout d'un moment dans un gargouillis de tuyau d'arrosage.

Il passa son bras sous celui du vieux copain retrouvé.

— Viens, nous pâle française, monsieur Djôdj Délouis ! Le vieux saligaud Amédée fait déserte soldat am'ricain et met vache à la place ! Je parie toute l'escouade remplacère par les vaches ! Tout mon peloton déserte ! Shame ! Shame !

— Je ne peux rien garantir, dit Hutchins en se laissant entraîner, mais je crois qu'ils ont tous été rétamés.

— Pas peurmise dire « rétamer », monsieur ! s'empourpra Reilly, automatiquement.

— Occis ! rectifia docilement Hutchins.

— Comprendre « occis », admit le sergent. Viens, que je montre les tombes vieux copains !

C'était un genre de pèlerinage auquel Janine ne tenait pas particulièrement. Butée, elle était contre, s'accrochait à son homme comme pour lui tirer un pied du tombeau.

— Viens, Georges. Le passé est mort. Nous avons eu tort de venir ici.

— Tu ne peux pas comprendre, éluda Hutchins.

Il panoramiquait sur les croix, nostalgique, face à la bannière étoilée qui flottait dans le couchant.

— Je vais donner un coup de fer à ton pantalon, insista-t-elle. Nous devons partir, Georges. Il est tard.

Reilly décida, nature :

— Chambre amis, juste on met les draps ! Vous restez ici, voyons !

— Il n'en est pas question !

Fatigue et contrariété, elle était encore plus maigrichonne, petite race pointue, engoncée dans son fait-soi-même à col de lapin.

Georges en éprouva de l'agacement et de la pitié ; à la voir sous l'œil d'un copain, bien sûr, elle faisait pauvre mocheté utilitaire.

Honte de lui, de se sentir d'un coup bougrement dégueulasse ; il l'attira d'un bras, bise au front, gentil.

— Le sergent nous propose ça de bon cœur.

Elle reprit des couleurs sous le geste affectueux, mais répliqua aussitôt, raisonnable :

— Ce n'est pas possible, Georges.

— Je peurmets que j'insiste, fit Reilly. Très plaisir que je beaucoup bavarde avec Georges…

Georges Delouis, ajouta-t-il, complice. Que je comprends, vous vient enterrer vieux saligaud Amédée. Je présente les consolations…

Georges voulait rester, c'était net. Déjà quand il avait osé se nommer chez Fernand, et peut-être même encore avant, lorsqu'il avait lu son nom sur le marbre de l'obélisque aux morts du « Grand Un Rouge », elle savait que Georges voulait inconsciemment réendosser la peau d'Hutchins, autre moitié de lui-même.

Plus subtile que lui, mais brusquement sans force, elle avait envie de pleurer. Impression d'avoir porté cet homme à bout de bras pendant vingt ans, et maintenant elle n'avait plus assez d'énergie pour le sortir de cet épouvantable cimetière au gazon doucereux, aux croix alignées sans bavure comme des pages d'Histoire, revues et corrigées.

Le sergent avait peut-être l'esprit obtus, mais le cœur large ; ce n'était pas lui qui occasionnerait des ennuis. Il envoya même le coup de chapeau.

— Djôdj me dit vous avez beaucoup meurite, madame.

Elle fit un geste évasif, triste.

— Je vais m'occuper de vous préparer à manger.

De nouveau, Georges sentit l'agacement lui piquer la racine des poils… Petite épouse méritante, bien sûr, mais triste comme une fourmi.

Il réagit pourtant dans le bon sens, la serra contre lui, cheveux noirs sentant l'essence de cèdre, à hauteur de son menton.

— Depuis seize ans qu'on arrose le père Delouis, elle a tout donné ce qu'elle avait ! Tout !

— Comprends arrose, fit Steve. Comprends vieux saligaud demande argent pour fermer son guiole ?

— Des millions ! dit Georges avec fureur. Et nous assez cons pour cracher comme des broques !

—... branques ! rectifia Janine. Mais c'est fini, mon grand, n'en parlons plus !

— Des millions ? s'exclama Reilly. Vous verse des millions à ce vieux saligaud ?... Je voudrais ressuscitation des morts pour lui mettre mon pied la fesse !

— Pour ça, dit Georges, ressuscité, il l'est bien ! Toute la famille dans le même sac !

— Fils Isigny prend aussi vous pour des braques ?

— Branques ! rectifia inlassablement la petite femme. Mais Georges lui a fait peur, je crois qu'il nous laissera tranquilles. C'est fini.

— Ça commence ! explosa Hutchins. Je ne voulais rien. Et puis cinq millions, et puis moitié héritage... Eh bien, maintenant, je veux tout ! Tout ce qu'on a donné ! Pas un sou de plus, mais pas un sou de moins !

— Tais-toi, Georges...

— Non ! Depuis vingt ans, je vivre à ton tricot...

— À mes crochets, rectifia Janine. Mais ce n'est pas du tout ça, mon grand. Tu as toujours travaillé, toujours gagné plus que ta part. Jamais je ne me suis sentie lésée, ni mes enfants non plus. Je ne veux absolument pas que tu fasses de complexe.

— Comprends : complexe, dit Reilly. Vieux Délouis crevé, je suis d'accord pour botter le fesse au Délouis Isigny. Vieux sale déguélasse pose la chique sur les croix, asticots, dans foumière, vaches dans les tombes, et faire payer millions à fusilier C.4 sous mes ordres !... Allez, Hutchins ! On va casse le guiole au fils Isigny !

Il violaçait, sincère, homme de cœur, donc de colère, toujours révulsé par la saloperie. Par la force des choses ça restait verbal, mais l'intention y était.

— Vous êtes de grands enfants, dit Janine. On ne revient jamais sur ce qui est fait. Nous avons eu beaucoup de mal à construire notre petite vie ; ce n'est pas le moment de la compromettre.

Toujours ce même langage raisonnable, mesuré, et finalement timoré, que Georges connaissait depuis bientôt vingt ans, comme une péniche à la remorque d'un minuscule vapeur essoufflé.

Devant le copain, il se sentait châtré. Il aurait voulu la faire taire, honteux. Il tapota gentiment les fesses maigres... :

— On te rejoint tout de suite.

Elle les quitta avec un sourire doux sur son visage crevé, asexué, comme une fourmi, pauvrement moche.

Les deux hommes restèrent un instant silencieux, puis Reilly dit, d'une voix de distribution de prix :

— Très bien pétit femme beaucoup meurite !

Il toucha le bras de son copain, un peu comme s'il présentait ses condoléances.

— Ça ! dit Georges, comme accablé. Je n'ai rien à lui reprocher !

Le sergent Reilly redevint cordial, bourrant l'épaule du vieux pote.

— Ça vous épate, hein, que je pâle bien française ? C'est mon pétit femme qui…

Il s'arrêta net, son chagrin lui revenant d'un coup.

— Oh ! mon pétit femme. Nous, devient vieux deubris, Hutchins ! Les cheveux pâtis ! Le pétit femme pâtie aussi !

— Une Française ? questionna Hutchins.

— Pétit salope française ! clama l'autre. Bien raison de pas te faire touer pour lib'rer Français, qui mangent pas grenouilles, mais qui mettent asticots dans foumière et vaches dans cimetière armée am'ricaine !

Il sortit un portefeuille, en extirpa une photo… Il était en bel uniforme de gala, veste fantoche d'officier avec toutes ses décorations ; Claudine se serrait contre lui en petite robe claire, voile symbolique dans les cheveux. Il avait l'air rayonnant, elle le buvait des yeux… Jours lointains !

Hutchins apprécia, sifflota.

— Elle est toute jeune !

— Aoh ! Très jeune pétit poulet ! Je fais grosse connerie épouser poulette trop jolie ! Bien raison, vous, épouse une femme… heu…

Il se reprit à temps, toussota.

— Vas-y ! dit Hutchins un peu piqué. Dis que ma femme est moche !

— Pas peurmise, fit Reilly avec dignité.

Mais apparemment, il ne goûtait guère le genre maigre carcasse à visage de fouine pathétique.

— Certaine, ton femme beaucoup meurite ! Peut-être pas rigoler tous les jours, mais pétit femme sérieuse. Vous avez enfant ?

— Trois ! dit Hutchins.

Ce fut au tour du sergent de siffloter.

— Aoh ! Vous rigole plus souvent que je pense !

— Elle est très bien, appuya Hutchins. Beaucoup trop bonne pour un sale déserteur.

D'une tape sur le bras, Reilly lui fit signe de se taire.

Pincé et propret, Power le portier s'approchait en veston de ville. Il passa au sergent trois ou quatre lettres qui sentaient le prospectus à plein nez.

— Dans votre case depuis hier… Si vous restez ici, sergent, puis-je aller au spectacle à Bayeux ?

— Où est le capitaine ?

— Je pense qu'il est parti avec madame, pour la répétition du Concert spirituel.

— Spirituel, enregistra Reilly. Tout est en ordre ? Les portes sont fermées ?

— Juste le drapeau à rentrer, dit Power en fixant la bannière qui claquait au sommet du mât.

— Je m'en occuperai. Vous pouvez aller, Power.

— Merci, sergent ! fit l'autre en s'éloignant.

Reilly, examinant rapidement les enveloppes, en enfouit trois dans sa poche, sans intérêt. Il décacheta la dernière et en commença la lecture presque à bout de bras, en homme qui a oublié ses lunettes.

Aussitôt il se congestionna, furieux.

— Oh ! le couloté salopard !

Il passa la lettre à Hutchins... Papier à en-tête de raison commerciale, avec numéro de registre du commerce et téléphone à Isigny. C'était le « frère » Fernand !

Monsieur le sergent Reilly,

Cette lettre pour vous signaler que je peux aussi vous livrer du fumier comme mon père. Je garantis la provenance naturelle, litières de bêtes saines, bien moelleux, pas trop pailleux, ni forcé à l'ammoniac, ni qui a déjà eu le coup de feu, comme je sais que des gens peu scrupuleux vous proposent pour faire des prix.

Successeur de mon père, je m'engage à respecter le bon renom Delouis. Je livre déjà pour le cimetière allemand de La Cambe, auprès de qui vous pourrez vous renseigner pour la question de la qualité du produit.

Et pour que chacun y trouve son avantage, je propose un rendez-vous à votre choix. C'est peut-être le capitaine-comptable qui achète, mais c'est vous qui faites la réception. Autant s'entendre avec un connaisseur ; vous ne le regretterez pas...

— Jamais ! clama Reilly. Jamais achète foumière à saligaud fils Isigny.

Reprenant la lettre, il la froissa, faillit la jeter à terre et ne se retint que par respect du lieu. Il n'était plus soûl, mais soudain vieil homme fatigué et digne, avec sa gueule carrée aux yeux clairs sur fond brique ; sergent médaillé, héros national.

Georges affichait bien quinze ans de moins que lui, dans la silhouette et dans le regard. Comme si le fait d'avoir changé d'identité avait laissé l'Hutchins à peu près intact, sortant tout nickel de son tiroir, comme une pièce qui n'a pas roulé.

— Tu peux le convoquer ici ? demanda-t-il.

— Je convoque pas ! dit Reilly. Je discute pas combine !

Hutchins avait son idée, venue en lisant la lettre du « frère ». Besoin de le voir ? C'était servi sur un plat !

— Dommage ! dit-il. Y a de la joie à déplacer quelqu'un pour lui dire qu'on n'a pas besoin de lui... Et moi, personnellement, ça m'arrangerait.

— Ah ! fit Reilly.

Il regarda longuement son copain et décida, neutre comme un flic qui rend des papiers d'identité.

— Ça peut se faire !

Ils étaient au pied du grand mât. Le sergent avait pris son air officiel, talons joints, ventre rentré, épaules rejetées en arrière.

D'abord, il salua. Puis, comme une mécanique, il empoigna le filin et commença à le tirer lentement, main sur main.

Malgré lui, le « private » Hutchins se mit au garde-à-vous et, tête levée, avec un curieux chatouillis au ventre, il regarda descendre les bandes et les étoiles quittant le dernier rayon flamboyant pour entrer dans la grisaille crépusculaire.

X

À table, les deux hommes finissaient les cerises, recrachant gravement les noyaux.

On entendait la voix de Janine dans le petit bureau attenant, en conversation avec la Seine-et-Marne. Il n'y avait pas le téléphone aux pavillons du personnel de la Verrerie du Loing, mais l'épicerie Bouillot était à dix mètres.

Georges écoutait, renfrogné, les recommandations de la petite mère poule à la progéniture... « Soyez bien sages... Ne faites pas enrager Mme Bouillot... On rentre probablement demain soir... Attendez, papa va vous dire bonsoir... »

Et de paraître au seuil.

— Papa, tu viens dire bonsoir aux enfants ?

Georges poussa un soupir d'agacement, mais il se leva et la suivit. On entendit encore la voix de Janine :

— Je vous passe papa ! Bonne nuit, mes petits poulets. À demain !

Elle revint dans la salle. Des bûches braisaient dans la cheminée, devant laquelle le pantalon en peigné feuille morte finissait de sécher sur un dossier de chaise.

Reilly regarda la petite femme avec sympathie. Elle était rose, un peu rengorgée, fiérotte ; toute revigorée d'avoir repris contact avec son univers.

— Vous avez grands enfants, madame ?

— Grands ? L'aîné va bientôt pouvoir me manger sur la tête ! À seize ans, il est presque aussi grand que son père.

— Très bien, les enfants, approuva le sergent. Beaucoup regrette que Claudine elle dise on a bien le temps.

— Ça, fit-elle en vraie maîtresse d'école primaire, il n'y a pas de plus grand bonheur que de donner des enfants à l'homme qu'on aime.

Elle ne le faisait pas exprès, gentiment condescendante, en personne d'expérience qui a réussi sa vie. Elle sourit au sergent.

— Il ne faut pas vous en faire, allez ! Des petites brouilles d'amoureux, tout le monde a connu ça. C'est bien la preuve que c'est vivant.

Reilly plissa ses sourcils recuits, sous la réflexion.

— Vous avez brouilles amoureux, avec Djôdj ?

— Oh ! nous ! fit-elle avec profondeur. Nous sommes devenus comme une seule et même personne. C'est merveilleux... La façon dont nous nous sommes connus... Et puis ce que nous avons souffert ensemble. Ça nous a comme enfermés dans une parenthèse.

De crainte qu'il ne comprenne pas, elle fit les signes en l'air.

— Vous savez, comme ça et comme ça.

— Comme ça et comme ça ! répéta le sergent en refaisant les signes. Comprends parenthèse.

Raide comme bronze, soudain, il tendit l'oreille. Mais il n'écoutait pas ce que pouvait dire Georges dans son bureau ; c'était dehors, une voiture encore lointaine qui roulait lentement sur le gravier.

— Le voilà !

On en avait parlé durant tout le dîner ; Janine avait essayé de ne pas y croire. Et pourtant le « frère » Fernand, relancé téléphoniquement à Isigny par le sergent Reilly, arrivait à neuf heures du soir pour placer son fumier !

Tout avait été convenu durant le repas. Elle-même devait tenir son rôle ; mais ce qu'on allait faire lui déplaisait.

Elle le dit d'une voix perdue au gros sergent à crâne rouge.

— Vous allez être raisonnable, n'est-ce pas... Georges a des colères terribles.

Reilly la rassura, en bouclant son blouson.

— L'habitude que je commande les hommes, madame ! Bonne conversation, avec fils d'Isigny. Pas disputer !... S'il vous plaît, je reçois dans resserre des outils. Vous dire à Djôdj qu'il rejoint dans trois minutes.

Comme elle devenait couleur vomi de bébé, il lui tapota familièrement la joue.

— Simple pétit conférence désarmement. Pas vous en faire !

Georges sortait du bureau ; il y eut entre eux un échange rapide de phrases en américain. Reilly répétait qu'il l'attendait dans trois minutes à la resserre aux outils.

Janine n'avait qu'une connaissance scolaire de la langue anglaise. Elle ne parlait jamais avec Georges autrement qu'en français ; cela faisait partie du système de refonte de la personnalité.

Elle se retrouva seule avec lui. Elle aurait voulu le gronder, comme un enfant qui vient de prononcer une grossièreté.

Il ne l'entendait pas. Il fit : « Quoi ? », distrait. Il était concentré comme un boxeur avant le combat. C'est seulement à ces moments-là, quand il était crispé, qu'on remarquait son nez un peu cassé et sa mâchoire lourde de battant.

Il imbriqua ses deux grosses pattes qu'il examina soigneusement en faisant saillir les veines. Janine n'aimait pas ça. Elle lui mit la main sur le bras, comme pour le tranquilliser.

— Georges, je t'en prie…

Il se contenta de la regarder en face, l'œil dur.

— J'ai peur ! dit-elle. Laissons tomber, Georges. Allons-nous-en. L'argent, je m'en fiche. On est au-dessus de ça. Viens !

Son regard devint méchant comme s'il allait la frapper. Il haussa les épaules et dit en sortant :

— Tout à l'heure, je reviens !

Elle entendit qu'il refermait la porte de la maison, puis son pas sur le gravier, s'éloignant dans la nuit.

Alors, elle ramassa les assiettes et les couverts, les porta dans la cuisine pour faire la vaisselle. Race de fourmi laborieuse, elle ne savait pas rester inactive… Eau chaude et froide, évier double en acier inoxydable… Elle avait du goût pour la plonge, comme les âmes droites. Curer, laver, frotter, essuyer. Une façon comme une autre de garder son équilibre.

Elle avait le vide des éducateurs et vivait dans un monde d'enfants. Enfantillage, ce qui se passait maintenant dans la resserre aux outils ; mais il ne fallait pas non plus brimer Georges s'il croyait bien faire. De toute façon, il faut payer pour vivre ; les éducateurs appellent ça le devoir civique. Pourquoi ne pas payer aux Delouis ?

Le temps passait. Un quart d'heure, une demiheure peut-être… Elle revint devant la cheminée du living, mais resta debout… « Si je m'assieds, je m'endors ! »

Hutchins entra, grand militaire dans l'accoutrement de Reilly ; beau type de gars qui ne collait pas du tout avec la petite femme crevée. En le voyant, elle parut reprendre vie, se recolorant le visage, mettant comme une espèce de grâce dans son déhanchement maigrichon.

— Où en sommes-nous ?

— Fernand est compréhensif, dit Hutchins. Il va écrire la lettre.

Il était blême comme un nerf sectionné. Elle préféra ne pas le questionner et le suivit dans la nuit.

La resserre aux outils était moitié hangar, moitié serre froide. La lumière venait de trois grosses ampoules à cru, haut placées dans la charpente métallique.

Elle vit tout de suite le Normand assis devant une petite table ; Reilly derrière lui comme un pion surveillant un candidat.

Fernand était très digne, mais il se tamponnait le nez. Il fit un effet de mouchoir pour qu'elle puisse mieux voir les traces de sang, mais elle détourna aussitôt les yeux et demanda d'une voix composée :

— Tout le monde est d'accord ?

Personne ne répondit.

Elle eut un geste de maîtresse d'école, portant une main à sa mâchoire, tandis que l'autre bras, appuyé sur l'estomac, soutenait le coude… Elle tremblait comme la souris dans la cage du serpent.

Elle vit le crayon à bille et le bloc de correspondance, devant Fernand. Alors elle se chercha une voix naturelle, en montrant le coin gauche du papier.

— Bon, alors vous mettez ici votre nom et votre adresse.

Fernand ne bougea pas, mais il la regarda bien en face, caillots de sang sur les moustaches. Il avait perdu sa voix forte de péquenot, mais pas sa dignité.

— Madame, c'est un Français qui parle à une Française ! C'est pas des façons de chez nous, ça !

Eh oui, c'était lui qui tirait la morale ! Janine se tourna, irritée, vers son mari.

— Alors, il est d'accord, ou pas ?

Reilly mit sa grosse patte sur l'épaule du petit Normand et, à voir blanchir sa main, on devinait qu'il lui broyait la clavicule.

— Bien soûr, beau-frère il est d'accord ! Spontanèrement restitouère ! C'est lui qui demande qu'il écrit ! N'est-ce pas, fils Isigny ?

— On peut se mettre d'accord sur le libellé, fit la petite femme. Question de vos tournures de phrases. Voilà ce que je propose... On date d'Isigny, 23 juin.

— Vieux saligaud crevé le 24 ! remarqua le sergent.

— Justement, on date de la veille... « Mon cher Georges... »

— Je ne peux pas écrire ça à un monsieur jamais vu ! protesta Fernand.

La poigne de Reilly se resserra ; il avait l'air furieux. Le visage du Normand se tordit de douleur stoïque et il dit, morne :

— Continuez !

— « Mon cher Georges, cette lettre pour te dire que le père est au plus mal. Ça lui a pris comme une attaque, et cette fois c'est sérieux... »

Elle s'interrompit, regarda Fernand.

— Est-ce que ça correspond à votre tour de phrase ?

Fernand ne lui répondit pas. Il fouilla sa poche, en sortit ses lunettes. Il prit la pointe-bille et commença à écrire, comme s'il se résignait.

On attendit dans le complet silence, tandis que le coquetier traçait méticuleusement ses lettres... Ce n'était pas conforme, mais il faisait preuve de bonne volonté.

Isigny, 23 juin. Cher frère, je t'informe que le père a une attaque qui paraît sérieuse...

— Bon, dit Janine. Style moins relâché que je ne pensais. Continuons : « Ta présence me paraît souhaitable... »

Fernand réfléchit et écrivit textuellement. Il avait l'air de collaborer cent pour cent, c'était troublant. Janine poursuivit, une main tenant toujours son menton, tandis que l'autre soutenait le coude, institutrice détaillant sa dictée :

— «... me paraît souhaitable pour parler de nos affaires. Je ne sais pas encore quelles sont les dispositions testamentaires... »

Fernand tressaillit et écrivit plus lentement, avec une certaine répugnance.

— Vous croyez que c'est bien la peine de parler de ça ? On met pas ça dans une lettre.

— Pour une fois, on le mettra, dit Hutchins. Continuons !

— «... dispositions testamentaires, mais je ne veux pas être accusé d'avoir veillé le père tout seul pour avoir la grosse part. »

— Personne va croire que j'ai pu écrire ça ! remarqua Fernand.

— Continuez !

Janine poursuivit, toujours dans la même posture, faisant trois ou quatre pas à droite et à gauche, comme dans une allée de classe. On voyait au fond, l'alignement des tondeuses à gazon.

— « Le père m'a confirmé ce que tu m'avais dit, au sujet des prêts d'argent que tu lui as consentis, et qui se montent à plus de cinq millions d'anciens francs… »

Fernand Delouis sauta, comme sous une décharge électrique.

— Ah ! mais non ! Mais non, mais non ! Voleurs ! Non, j'écris point ça, bon Dieu ! Non !

Il voulut se lever, hors de lui. D'une bourrade, Reilly le rappliqua brutalement sur son siège. Mais le petit homme rebondit comme un diable, se retrouva debout et tendit les bras vers Janine, quasi suppliant.

— Madame ! Entre Français ! C'est ma condamnation à mort que vous me demandez-là !

— N'exagérons rien !

— Mais si, dit le Normand. Je reconnais un frère, je reconnais des dettes ; il ne va plus rien me rester ! Et quand vous aurez la lettre, vous n'aurez plus qu'à me supprimer !

La petite femme s'était reculée, les deux bras maintenant croisés sur l'estomac, une épaule plus haute que l'autre, comme si elle était bancale. Elle paraissait encore plus terrorisée que le Normand. Elle bégaya :

— Nous sommes obligés de prendre des garanties.

Son mari la prit aux épaules et passa devant elle. Calme et fort, il dit à Fernand, d'une voix profonde :

— Assieds-toi !

L'homme obéit, subjugué. Derrière son mari, dont la carrure la protégeait, la petite femme essaya encore, comme une justification :

— Il est possible que votre père vous ait légué la totalité des biens. C'est même très probable. Nous sommes obligés d'en tenir compte. Il ne servirait de rien à mon mari d'être reconnu frère cadet, si c'est pour apprendre qu'il est déshérité.

— Mais il n'est pas mon frère ! clama le Normand.

— Alors, je suis Hutchins ! cria soudain celui-ci en frappant sur la table. Je fais scandale, et je fais procès ! Tu ne touches plus la moitié, tu ne touches plus rien !

Il attrapa le bloc de papier et le lança violemment sur le sol pavé. Le cou gonflé, ses grosses pattes en avant, comme pour se battre :

— J'en ai assez, de me cacher depuis vingt ans ! Hutchins, New Jersey ! Je suis moi, *moi !* Et *moi*, je laisse pas dépouiller une femme ! Compris ?

Elle s'accrocha à lui.

— Georges, ça va s'arranger. Ne te mets pas en colère.

Mais il la repoussa, mauvais, comme s'il la rendait responsable d'une déchéance.

— Pigeon, hein ! Petit pigeon plumé depuis seize ans ! Déserter, pas lâche ! J'ai pas honte !... Mais laisser prendre tout l'argent d'une femme, j'ai honte ! Non ! *I am George Hutchins !*

Elle s'arc-boutait à lui pour le faire taire :

— Georges, je t'en supplie… Pense à nos enfants !

— Quels enfants ? cria-t-il. Les enfants d'une loque qui les laisse dépouiller pendant seize ans ! Tu peux être fière ! Tu as fait de moi un joli monsieur !... Mais c'est fini, ça ! Tu m'entends !

Sa colère semblait s'être retournée contre la petite femme. C'est elle qu'il avait prise à la gorge. Il ne serrait pas ses grosses pattes, mais son regard crachait le mépris. Il se moquait, caricature :

— Maîtresse d'école !... « Notre bonheur, Georges, le prix de notre bonheur… » Tu parles d'un bonheur !

Il la tenait devant lui, l'obligeait à lui faire face pour plonger son regard dans le sien. Et, d'un coup, il perçut l'immense détresse des yeux dilatés de la petite femme crevée, usée, vidée, *pour lui !* Elle était paralysée, sans défense, et hurlait en quelque sorte : « Pitié ! », sans ouvrir la bouche et sans émettre un son.

Il eut pitié.

Ses mains remontèrent de quelques centimètres sur le cou frêle, devenant une ébauche de geste amoureux en emprisonnant la nuque.

— Allons, excuse-moi… J'ai tort de me mettre en colère.

Elle eut comme un spasme dans sa maigre poitrine rentrée, sa mâchoire trembla et Hutchins comprit avec ennui qu'elle allait pleurer.

C'est à ce moment qu'on toqua à la porte vitrée.

Comme dans un cadre sur fond de nuit, Janine vit le visage long et triste, l'œil jaune de l'homme qui la regardait. Puis la silhouette s'arrêta sur le seuil ; un grand bonhomme jeune, osseux, sarcastique :

— Que de monde !

Il avait un autocoat fripé ouvert sur un chandail clair, mais ce devait être un supérieur. En vrai sergent de carrière, Reilly s'était mis au garde-à-vous et dévidait un rapport de situation.

— Mon capitaine, il s'agit des engrais animaux. Les héritiers Delouis désiraient vous parler.

Le regard de Mason se fixa sur Hutchins, détaillant la vareuse de l'armée, prêtée par le sergent.

— De qui dites-vous qu'ils ont hérité ?

Reilly entama un essai d'explication en américain, mais l'autre l'arrêta.

— Ça va !

Alors le petit père Fernand se leva brusquement, comme s'il craignait d'être court-circuité. Il mélangea tout ce qu'il pouvait connaître en langues étrangères.

— Brozeur nixe ! Amédée Delouis ouane sonne ! Mi tout seul !

Le capitaine retrouva son coin d'ironie aux lèvres, ses yeux virèrent au brun doré des pièces de vingt centimes.

— Il serait préférable que vous vous expliquassiez en français. Mais en ce qui concerne les engrais animaux, je crains que votre proposition de marché ne soit un peu tardive.

— S'agit pas de ça ! fit Delouis, tout bleu. Ils veulent que moi signe papier pour reconnaître lui frère...

— Sergent ! coupa Mason d'un air ennuyé. La situation de famille de ce monsieur ne m'intéresse pas. Voulez-vous lui expliquer que, depuis hier, nous formons une coopérative d'achats, avec les cimetières anglais et allemands du secteur, pour obtenir un fumier dans des conditions plus intéressantes qu'avec des sous-traiteurs locaux.

Il avait parlé en français pour bien se faire comprendre, mais il résuma, à l'intention de Fernand :

— Fini, monsieur ! Fini, le fumier de papa ! Il faut suivre le progrès !

L'affaire du fumier devenait mineure pour le Normand, mais il ne put s'empêcher de marquer le coup :

— Je comprends que vous vous entendez sur le dos des Français ! N'importe qui peut vous faire des prix pour des fumiers artificiels à l'ammoniac, mon capitaine. Mais, sauf votre respect, ça ne vaut pas le bon fumier naturel de paysan.

— C'est une affaire réglée, dit Mason.

Fernand plongea à terre, ramassa le bloc de correspondance qu'Hutchins avait jeté.

— Regardez, mon capitaine ! On m'a cogné ! Voilà ce qu'il me forçait à écrire ! Arrêtez-le ! C'est un déserteur de chez vous !

Mason ne regardait ni Fernand, ni l'homme qu'on lui désignait. C'était la petite femme qui le fascinait… On aurait cru une petite ligne d'éclairage domestique qui reçoit un courant de haute tension. Littéralement, elle se consumait, grillait, fondait sur place. C'était affreux à voir, ça se passait dans les yeux qui devenaient intenses, noirs, positivement fous.

— Monsieur, mon mari a ses papiers… Je t'en prie, Georges, montre tes papiers au capitaine.

Malgré lui, Mason s'approcha d'elle, rassurant.

— Ne vous inquiétez pas, madame. La guerre est terminée depuis longtemps !

— Il s'est fait passer pour mort, insista Fernand. Usurpation d'identité, sous la menace !

Les yeux jaunes le fixèrent, et les poils de moustache du père Fernand s'horripilèrent comme sous une douche glacée.

— Les offres de service sont reçues entre neuf et onze heures… du matin, précisa Mason. Vous êtes pratiquement en territoire U.S., et légalement, dans une propriété privée. Vous voudrez bien ne parler que lorsqu'on vous interrogera !

Silence. Les deux anciens de la C. 4 se tenaient au garde-à-vous, sans y penser. Mais c'est la femme que regardait à nouveau le capitaine. Elle lui faisait irrésistiblement songer à ces damnés de Dirck Bouts, blancs, filiformes et tordus d'épouvante. Souffrance indicible de la petite bête traquée qui défend sa vie contre des monstres.

Mason avait les qualités de ses défauts. Intellectuel agaçant à cynisme reconstitué, il cachait une bonté à pain tendre et une finesse de bistouri. Peu disposé à compatir, il ressentait pourtant rapidement et intensément, sans besoin de se faire présenter un croquis coté.

Il diaphragma ses yeux jaunes d'une paupière lourde comme pour se donner de la profondeur de champ, car il avait différents plans à étager dans la scène.

D'abord, il examina Reilly de la tête aux pieds, comme pour constater qu'il n'était pas ivre. Il glissa, froidement cordial :

— Steve, mon vieux, il y a une surprise pour vous. Je pense que cela vous fera plaisir... Quelqu'un est revenu à la maison.

Pour faire face à la situation tendue, Reilly s'était congestionné jusqu'à la teinte aubergine... Le coup le frappa au cœur. En quelques secondes, il passa par les nuances fraises à la crème, sauce aurore, limace écrasée et gris macchabée. Il balbutia :

— C'est... Claudine !

— Vous verrez ! dit Mason.

C'était la confirmation. Reilly resta un instant groggy, l'œil vague ; puis la vie revint en onde vigoureuse, il explosa dans un vrai cri sauvage d'Iroquois sur le sentier de la guerre :

— Ya hou !

Et de propulser ses quatre-vingt-quinze kilos vers la porte, indifférent au reste. Mason le cloua sur le seuil.

— Sergent !

Reilly stoppa net, scié comme un chien au bout de sa chaîne.

— Sergent Reilly, vous pourrez sortir lorsque je vous en donnerai l'autorisation. Est-ce vous qui avez battu ce monsieur ?

— C'est moi ! dit Hutchins. Voilà seize ans que je paie pour m'appeler Delouis ! Ce n'est pas mon nom, il a raison !

— Tais-toi ! cria la petite femme.

Et presque en même temps qu'elle, Mason imposa silence à l'ancien P.V.T.

— Taisez-vous ! J'ai posé ma question au sergent.

— Le frère il bouscule un peu le frère, dit Reilly.

— Mon mari est coléreux, lança à nouveau la petite femme crevée d'une voix suppliante. Nous avons trois enfants, monsieur. Nous sommes connus honorablement.

Le grand Mason la regardait, compréhensif.

— Vous êtes venue à l'enterrement de votre beau-père ?

— Oui, monsieur. Je vous assure que nous n'avions pas l'intention de redemander l'argent. On en avait fait le sacrifice. Ce qu'on voulait s'assurer, c'est seulement que le chantage n'allait pas continuer toute notre vie. On n'en peut plus, monsieur ! Je n'en peux plus !

Elle se mit à pleurer. Mason la prit gentiment aux épaules et la fit asseoir sur la chaise de paille.

— Je n'aime pas beaucoup ça, messieurs ! Vos affaires de famille ne m'intéressent pas, dans la mesure où vous ne venez pas les débattre chez moi !

— Mais c'est pas ma famille ! s'obstina Fernand.

Le capitaine se fit immédiatement plus dur, le dominant de la tête.

— En ce cas, j'ai cru comprendre qu'il s'agissait d'une affaire de chantage.

Il prit brutalement le bloc que l'autre tenait toujours, y jeta un coup d'œil rapide.

— Je vois !... Nous ne conservons pas un très bon souvenir de votre père, monsieur. Si vous tenez absolument au scandale, il ne faudrait pas trop compter sur notre appui moral. Vous allez rentrer chez vous et bien réfléchir à cela. La nuit apporte le conseil, c'est ce qu'on dit, n'est-ce pas ?

C'était donner congé ; Fernand était assez intelligent pour en profiter.

— Si on parle raisonnablement, moi, je suis raisonnable ! C'est sûrement pas moi qui vais chercher des histoires. Seulement, pour la question du chantage, faudrait quand même le prouver !

— Je le prouverai ! dit Hutchins.

— Non ! fit Janine. Qu'il garde tout, Georges. C'est mon argent, à moi, ça n'a pas d'importance.

— Bonsoir, monsieur ! dit Mason.

— Eh bien, bonsoir, répondit le Normand. Ça vaut peut-être mieux comme ça !

XI

C'est seulement porte refermée que Janine se rendit compte de l'étrangeté du lieu : une cave transformée en auditorium avec un sol poil de vache, des murs tendus de feutrine et un plafond à caissons d'isorel. Grand piano à queue, des pupitres, des partitions éparses, un mobile clinquant qui tremblotait sous le climatiseur, des maigres philodendrons étayés de bambous, c'était à mi-chemin entre l'abri atomique et la tour d'ivoire.

Le capitaine Mason avait entraîné le couple chez lui ; ou du moins dans son sous-sol à porte capitonnée. Baffles de hi-fi, grand combiné radio, divan... En chandail de grosse laine écrue, James Mason avait sans doute une nostalgie de Greenwich Village, pour oublier qu'il était fonctionnaire de l'administration des Nécropoles militaires.

Il sortit des petites moques de terre cuite, chercha une bouteille dans un placard, un simple litron de teinte ambrée avec une étiquette collée, portant un nom et une date.

— Cadeau de votre père ! dit-il à Hutchins. Il s'y connaissait parfaitement en fumier et en calva.

Intention de mettre à l'aise. Janine y fut sensible, mais Hutchins commenta à mi-voix :

— Oh ! mon père, merci bien !

— C'est ce que nous allons essayer de débrouiller, mon vieux, dit Mason. Vous me mettez personnellement dans une curieuse position. Je ne suis pas agent de la Military Police, mais gardien de cimetière, pour l'instant comptable des morts. Vous attendez un interrogatoire ?

— Je le réclame, dit Hutchins.

— Ouais… Ne devient pas citoyen américain qui veut, monsieur Georges Delouis. Et on redevient encore moins facilement vivant lorsqu'on est catalogué comme mort. Vous n'êtes pas obligé de me répondre. Nous allons boire un verre et vous pourrez vous en aller comme vous êtes venu… À mon sens, ce ne serait pas la plus mauvaise solution. Mais si vous avez envie de parler, je vous écoute.

— J'ai peur, dit Janine. Il faut quitter ce cimetière. Hein, Georges ? Le capitaine est très compréhensif. Allons-nous-en !

Georges l'ignora, tourné vers Mason.

— Je répondrai à vos questions.

Janine regardait le capitaine verser la goutte dans les petits bols de terre. Elle tordait ses doigts, livide, maigre, affreuse.

— Détendez-vous, dit Mason.

Alors la grande Norah entra. Elle venait de faire une bonne action et avait son sourire d'ange de cathédrale. D'un coup d'œil elle fit le tour de la pièce, enregistra la présence du couple. Sourire plus mondain ; elle leva un sourcil.

— Comment vont nos tourtereaux ? demanda Mason. Tu peux rester, chérie, et prendre les mains de Mme Delouis qui a l'air terrorisée.

— Delouis ? s'étonna la grande. Je ne voyais pas comme ça…

Georges avait l'air tendu, comme un timide qui doit parler en public. Il articula, comme devant un tribunal :

— *My name is George Ray Hutchins.*

— Pardon ? fit Norah.

— Eh bien, tu en sais maintenant autant que moi, dit Mason… Mais, s'il vous plaît, mon vieux, nous pouvons parler français. Vous n'êtes pas devant le Conseil de guerre.

Les lèvres de Janine remuaient, elle murmurait comme une prière, une litanie, avec les mêmes syllabes obstinément répétées, qu'on finissait par comprendre :

— Allons-nous-en ! Allons-nous-en ! Allons-nous-en !

Norah fit éclater son sourire en venant près d'elle. Elle lui mit la main aux épaules et proposa, gentille :

— Peut-être, messieurs, nous vous laissons… travailler ?

— Non, dit Mason. Mme Delouis est un élément capital de la situation.

Très détendu, il passa un petit bol à Georges.

— Écoutez, mon vieux, n'importe qui peut prendre n'importe quel nom sur n'importe laquelle de nos tombes.

— C'est mon nom, dit Hutchins. « Private » George Ray Hutchins, 116e R.I. Compagnie C, 4e section. Je suis moi. Je veux être moi. Je suis déguisé depuis vingt ans. J'en ai assez ! J'ai déserté, qu'on me punisse ! Mais j'ai le droit d'être *moi*, même au fond d'une cellule.

Mason soupira et secoua la tête d'un air de dire : si vous croyez que ça va être facile !

Mais c'est la petite femme qui devint brusquement le centre de la scène. D'un coup, ses muscles tétanisés avaient repris leur souplesse. Elle eut un regard étonné, un sourire à peine douloureux, et elle murmura distinctement en fixant son époux :

— Salaud !

Elle ne tremblait plus, ne grinçait plus. Elle était redevenue la petite institutrice de Château-la-Vallière, à vingt ans de là. Brusquement libérée du poids d'un homme. Presque jolie.

Tout le monde avait entendu. Hutchins se contenta de hausser les épaules, mais la grande championne du flageolet fut choquée, rengainant son sourire.

— Besoin de me faire une opinion, dit Mason. Vos papiers sont au nom de Delouis ?

— Georges Delouis, né à Saint-Lô.

— Vous êtes mariés civilement sous ce nom, et vous avez trois enfants ?

— Exact.

— Vous vous conduisez honorablement, vous avez du travail et bonne réputation ?

— Oui.

Mason engloutit d'un coup le contenu de sa petite moque, fit claquer sa langue.

— Alors, mon vieux, qu'est-ce que vous désirez de mieux ? Les États-Unis ne sont pas à court de citoyens.

— Je m'appelle Hutchins, New Jersey, s'obstina l'ex-P.V.T.

— Comment espérez-vous le prouver ?

— J'ai fait le Piège à rats, Mateur, le débarquement de Gela. Troina, Palerme, Anzio, Monte Cassino…

— On vous répondra que vous donnez les états de service d'un mort. Je vous demande une preuve. Vous avez déserté en Italie ?

— Ici, dit Hutchins. Le jour J… Tous les copains ont été nettoyés à la grenade et au mortier. Mortier de chez nous, mon capitaine ; ça venait de la plage. Quand j'ai voulu redescendre, je me suis fait flinguer. Je suis reparti seul en avant, le plus loin possible, pour ne pas me faire massacrer. Ma carabine était pleine de sable…

— Je vous demande une preuve, coupa Mason. Le nom de votre commandant de compagnie ?

— Capitaine Corbett. Lieutenant Cairn, mort sur la plage. Sergent Steve Reilly.

— Quoi ?

— Oui. J'ai jeté mon flingue et mon casque. C'était pas mon premier combat. Quand ça vire au désastre, c'est moins malsain de se faire faire aux pattes que de chercher à rejoindre les copains. J'ai vu une grange en ruines, je me suis approché les bras levés…

— Attendez, dit Mason. Vous venez de mettre quelqu'un en cause. Vous prétendez que le sergent Reilly vous connaît sous le nom d'Hutchins ?

— J'étais sous ses ordres.

Mason était debout, balançant sa grande carcasse.

— Il est au courant depuis longtemps ?

— Trois ou quatre heures. Moi-même je le croyais mort. Je l'avais vu tomber devant moi.

Il y avait un petit interphone mural. Mason s'approcha de l'appareil, le caressa du bout des doigts.

— Je vais appeler Reilly. Mais, très sincèrement, je ne crois pas que ce soit la bonne solution.

— Si ! dit Hutchins. Je veux faire le procès pour retrouver l'argent de ma femme.

— C'est le père Amédée ?

— Oui.

— Combien vous a-t-il demandé ?

— Plus de cinq millions.

— Vous pouvez en apporter la preuve ?

— Non, dit Janine. Ce n'est pas à Georges qu'il demandait, c'est à moi. J'ai toujours payé pour avoir la tranquillité. Il venait quand Georges était au travail. J'ai essayé de le prendre en photo et d'enregistrer sa voix, mais ça n'a rien donné de bon.

— C'est bien ce qui me semblait, dit Mason. Je ne vois pas le bénéfice de l'opération. Le Delouis d'Isigny est assez intelligent pour vous laisser tranquille. D'autre part, je ne connais pas suffisamment le Droit français… Peut-être avez-vous un recours possible.

— Moi, j'ai fait un peu, dit Norah. Je peux dire un mot, James ?

— Je t'en prie, chérie.

— Eh bien, dit la grande flûte, cette affaire où un mort doit prouver qu'il est vivant pour attaquer un mort en la personne d'un vivant n'a pas beaucoup d'avenir.

— Georges ! fit soudain la petite institutrice d'une voix trop calme. Cette question d'argent est secondaire. Mais je ne *veux pas* que mes petits soient les enfants d'un déserteur. C'est tout !

— Très juste ! fit la grande Norah, pincée. Il n'y a pas de quoi être fier !

Hutchins soupira, accablé :

— Vous raisonnez comme des bonnes femmes !

Ce n'était pas insultant. Il avait un sourire triste et constatait une vérité très simple. Ça parut être également l'avis de Mason. Il appuya sur un bouton, dégagea un voyant blanc. Au bout d'un moment on entendit une voix claire qui semblait venir du plafond.

— Allô ?

— Excusez-moi, Claudine, dit Mason. Steve est là ?

On entendit dans le haut-parleur la voix qui s'éloignait en criant : « Steve, c'est le capitaine ! » Presque aussitôt, la voix de Reilly rauqua :

— Allô ?

— Je vous dérange, dit Mason. Mais voulez-vous venir une minute, mon vieux, on a besoin de vous.

— J'arrive !

Mason fit disparaître le voyant blanc.

— Quel âge ont vos enfants, madame ? Ils lisent l'américain ?

— Ils vont au lycée.

Il se dirigea vers un bibus qui contenait bouquins et bibelots.

— Je ne sais pas encore ce que nous allons décider. Personnellement j'étais trop jeune pour faire la guerre en Normandie, mais j'ai fait la campagne de Corée. J'ai eu le rare bonheur de devenir une curiosité de la nature, avec un réseau d'artères en plexiglas. Ce qui m'a donné le droit à ce que vous appelez un emploi réservé : gardien de cimetière.

Il avait pris un livre et le feuilletait. Il eut un sourire complice vers Hutchins.

— Je voudrais simplement tenter d'expliquer aux « bonnes femmes » que, pendant une guerre, il n'y a pas plus d'un militaire sur quinze qui tienne un fusil sur la ligne de front. Et de ceux qui sont désignés pour faire ça, il y en a très peu qui en reviennent. Pratiquement, ce sont des condamnés à mort. Et on ne peut leur en vouloir s'ils en prennent conscience un jour ou l'autre.

Il trouva la page dans le livre qu'il feuilletait.

— Mémoires du général commandant la première armée U.S., ici même... Je veux vous dire aussi que l'Armée américaine ne manquait pas de généraux, que dans ce cimetière où nous avons dix mille tués, nous n'avons qu'un seul général... Encore a-t-il fallu aller le chercher à la percée de Saint-Lô, où il a d'ailleurs été tué par notre aviation... Quant aux hommes à fusil comme votre mari, madame, ils sont parfois tombés dans la proportion de trois cents pour cent, puisque certains pelotons de fusiliers ont été intégralement reconstitués trois fois en cinquante jours... Et je ne vous parle là que du domaine qui dépend de « mon » cimetière ! Je vous traduis maintenant l'hommage littéraire, le coup de chapeau du général fantassin : ... Avec son fusil, le fantassin marche à la bataille, sachant que la statistique lui donne peu de chances de survivre. Il se bat sans l'espoir de récompense ni de relève. Derrière chaque rivière, il y a une colline ; et derrière cette colline, une autre rivière. Après des semaines ou des mois de front, seule une blessure peut lui apporter le réconfort de la sécurité, de l'abri, d'un lit. Ceux qui restent pour se battre, se battent ; ils échappent à la mort, mais savent que chaque jour de sursis leur ôte une chance de plus de vivre. Tôt ou tard, à moins que ne survienne la victoire, leur chasse se termine sur une civière ou dans la tombe. »

Avec un crayon il nota dans la marge, posa le livre sur une tablette.

— Au cas où vos enfants viendraient à mépriser leur père, madame, rappelez-vous qu'il est plus courageux de vouloir vivre que de se laisser mener à l'abattoir.

— Oh ! James, fit Norah, scandalisée. On ne peut pas dire ça à des enfants ! Un homme qui abandonne ses camarades dans une bataille, c'est vraiment un…

Elle ne lâcha pas le mot. Elle parut se reprendre à temps ; un vrai mépris de dame ! Étudié pour !

Hutchins eut un ricanement amer, mais c'est Mason qui s'empourpra.

— Chérie, tu as vu cette bataille avec des acteurs de cinéma au regard viril, qui faisaient mouche à tout coup, et qui étaient tués d'une balle en plein cœur en montant à l'assaut. C'est la vérité du cinéma… Mais ce que le cinéma ne dit pas…

Il tapa sur le livre qu'il venait de feuilleter.

— … C'est que vers dix heures, ce jour-là, le commandement voulait froidement laisser tomber le « Grand Un Rouge » qui se faisait massacrer sur la plage. Une affaire ratée, on tirait le trait ! On préparait déjà les ordres pour diriger les renforts sur Utah Beach et Arromanches en abandonnant quinze mille hommes sur un abattoir de six kilomètres de long sur deux cents mètres de large !

Le petit mobile en tôle d'aluminium se balança dans le courant d'air ; Reilly venait d'entrer.

Un peu crispé, Mason se tourna vers lui et demanda en désignant Hutchins :

— Quel est le nom de cet homme, sergent ?

— Non ! fit l'institutrice. Je vous en prie. Vous jouez avec le bonheur d'une famille. Laissez-nous partir… Oh ! Georges, c'est un malheur d'être entré ici. Tu ne comprends pas ? Ce nom qui t'appelle sur une croix, c'est horrible ! Laissez-nous partir, s'il vous plaît.

Elle se mit à pleurer de nouveau, sans bouger sur le coin du divan, le dos rond, les bras pendants entre ses maigres cuisses écartées… Les autres restaient ébahis. Reilly, embarrassé, se grattait une pommette.

— C'est le mieux que je dis quoi ? interrogea-t-il.

— À vous de voir, Steve ! dit Mason. Personnellement, je suis ennemi des complications. Je ne tiens pas particulièrement à modifier les alignements du cimetière. Ce qui est mort est passé, et le passé est mort.

Janine leva vers lui un regard mouillé, reconnaissant.

— Merci, monsieur.

Mason eut un geste vague.

— Alors, sergent Reilly ? Cet homme prétend qu'il faisait partie de votre escouade en juin 1944. Vous le reconnaissez ?

Reilly regarda son copain, puis la petite femme aux épaules pointues… C'était pourtant net ! Le plus grand service à rendre au pote, c'était bien de le débarrasser de cette sangsue osseuse !

— Alors ? pressa Mason.

Pas de complications ! avait dit le capitaine… Reilly gonfla un peu son torse, prit le ton d'inférieur à supérieur, avec un regard fuyant vers le mobile qui continuait à se balancer.

— L'ai jamais vu !

— Et si je te casse la gueule, dit Hutchins, tu me reconnaîtras ?

Mais c'était la colère triste d'un homme au bout de son rouleau, avec un regard de mort. Seulement des mots ; il n'avait pas bougé, l'œil presque vitreux.

La petite femme se leva, au contraire revigorée.

— Merci, sergent.

Elle vint toucher les grosses mains de son mari, comme pour en prendre possession.

— Viens, mon grand. Tout le monde est gentil, tu vois. On ne te fera pas de mal.

— Je vois ! dit Hutchins.

Mason se sentit la chair de poule. Impression d'avoir rejeté au cœur de la toile d'araignée la mouche qui avait réussi à en sortir… Bref regard avec Reilly, comme une conjuration d'hommes. Fallait-il laisser tomber le copain ?

Le sergent réagit le premier, cordial.

— T'as toute la nuit pour casser mon guiole ! Viens, que vous dorme chez moi !

Janine sourit en secouant négativement la tête.

— Nous n'allons pas vous déranger, sergent. Nous partons.

Mais Mason sauta sur l'occasion. On ne pouvait pas laisser partir le gars au bras de son araignée. Fallait faire quelque chose pour eux. Pour lui, pour la femme, pour les gosses. Hutchins ou Delouis, c'était secondaire. Mais qu'il redevienne un homme à part entière, s'il en avait envie !... Des mots en majuscules martelèrent sa tête ; ceux qui se trouvaient au fronton de la chapelle : ILS ONT TOUT SOUFFERT JUSQU'À DONNER LEUR VIE AFIN QUE RÈGNE LA JUSTICE ET QUE L'HOMME PUISSE JOUIR DE LA LIBERTÉ DANS LA PAIX RETROUVÉE.

— Mais si, restez donc ! Après tout, je ne veux pas escamoter le problème. Peut-être qu'un petit supplément d'information nous permettra d'y apporter une solution élégante… D'accord, Hutchins ?

XII

Le sous-sol sentait encore la fumée refroidie. Tabac français : les cigarettes de Claudine.

Norah brancha le ventilateur. Il était plus de minuit, les autres étaient partis et elle restait seule avec James.

Celui-ci rembobinait la longue bande du magnétophone. Il faisait trop chaud, on avait bu… Il était temps d'aller se coucher.

Presque malgré lui, il remit pourtant l'appareil en lecture, et c'est sa propre voix qu'il entendit.

MASON — *Essayez d'oublier l'appareil, mon vieux. C'est comme si je prenais des notes.*

HUTCHINS — *Non.*

MASSON — *Je n'utiliserai rien sans votre consentement. À mon avis, il serait aussi malin d'en rester là. Mais d'autre part, on ne peut pas amputer un homme de la moitié de sa vie, contre son gré…*

— Chéri, dit Norah en bâillant. Je suis fatiguée. Tu ne vas tout de même pas réentendre tout ça ?

— Va ! dit James. Je monte tout de suite.

Il appuya sur la touche d'enroulement rapide. Ce n'était pas les préliminaires qu'il voulait réentendre. C'était plus loin.

Bien sûr, il s'était fait admettre comme arbitre. Il avait promis de conseiller la solution la meilleure. Mais il se trouvait angoissé, avec une espèce de peur au ventre qui n'avait plus rien à voir avec le simple scrupule.

HUTCHINS — … *Au bout de son flingue il me poussait, et les deux autres ne regardaient même plus. Ils étaient couchés derrière le mur et ils visaient toujours la sortie du bois qui fumait encore. Ils parlaient allemand, je ne comprenais rien. Alors il m'a fouillé, et puis il m'a d'abord tiré la chemise en dehors de la ceinture et m'a forcé à défaire mon pantalon. Et je suis resté comme ça un moment, debout, avec le pantalon rabattu sur mes guêtres. Quand je baissais les mains pour le ramasser, il me pointait avec son fusil et disait « Kill ». Il voulait parler américain, mais je ne comprenais rien. Et c'est en français que j'ai compris, parce que j'avais appris un peu à Oran, avec les putes…*

Oui, Hutchins avait été fait prisonnier. Il avait eu la chance de tomber sur des « vétérans » de son âge qui n'en étaient pas à leur premier combat et connaissaient le prix d'un prisonnier.

Il avait revécu cette matinée du 6 juin, avec ses fusillades subites, ses rafales interminables, ses silences lourds ponctués par les salves des cuirassés qui croisaient au large.

On lui avait enlevé sa ceinture et on l'avait conduit plus loin dans une grange calcinée, chaude encore d'incendie. Il y avait un petit groupe de commandement. On l'avait interrogé, cette fois en anglais. L'officier voulait savoir s'il y avait des tanks. Hutchins avait répondu : oui, beaucoup !

Mais ce n'était pas ça l'important. Ça, c'était le passé, et personne n'y pouvait plus rien.

Mason cherchait à se souvenir. C'est vers ces moments-là qu'il avait ressenti une espèce d'horreur profonde, qui s'était dissipée par la suite avec l'arrivée de Claudine. Et cette horreur ne ressortait pas du récit de l'ancien fusilier, simple, classique et imprécis comme un récit de soldat qui n'a finalement rien vu, qui sait seulement qu'il s'est trouvé dans un endroit ou dans un autre, qu'il a eu peur, qu'il a été humilié, qu'il a eu froid, faim…

Non, l'horreur venait finalement du visage révulsé de la petite femme maigre et crevée. Elle semblait prendre chaque phrase comme un coup dans la poitrine, comme un clou qui la crucifiait davantage.

Et c'était elle qu'on sentait humiliée, déculottée, giflée, poussée au bout d'une crosse. C'était bien ça : le bon père, le bon époux, l'homme honorable qu'elle avait repeint en couches successives depuis vingt ans, osait montrer sa plaque de rouille profonde, son défaut, sa plaie… Le DÉSERTEUR ! Elle avait vraiment le visage de la honte.

HUTCHINS — *J'ai pas compris comment ils sont partis. Plusieurs fois ils m'ont laissé dans mon coin. Puis je crois qu'une moto est arrivée et j'ai plus entendu personne. Seulement, ils m'avaient pris mes godasses et mon bénard, et j'étais le cul nu…*

Le gars se défoulait tranquillement sur la bande, sans ostentation, mais sans déplaisir. Ce qui était arrivé ne pouvait être que simple et naturel. Ni héros, ni lâche, il cherchait seulement à être objectif. Sympathique.

La façon dont il avait retrouvé un pantalon n'ajoutait rien à l'histoire de la libération du sol français ; ni sa rencontre avec le père Amédée vert de peur au milieu de ses lapins asphyxiés.

À quel moment avait-il voulu déserter ? Il ne le savait pas. Ça s'était fait par les circonstances et, en somme, il était plutôt prisonnier évadé. Commotionné aussi. Il s'était mis à l'abri avec le père Amédée comme le bombardement recommençait et que des gerbes rousses de fumée et de terre encadraient la maison.

Ce qui avait d'ailleurs dominé dans cette journée, c'est que tout ce qui venait de la mer amenait la mort. Instinctif. Il fallait se terrer et attendre.

HUTCHINS — … *On a été plus loin, avec le vieux. Chez des gens dans une cave avec des morts. Moi, j'avais ma chemise de l'armée et un pantalon de toile qui m'arrivait aux mollets. Ils m'appelaient l'Américain, mais ils ne voulaient pas que je reste avec eux, parce que si les Boches revenaient et qu'ils voyaient un Américain, ils balanceraient une grenade dans la cave. Y en a un qui m'a donné un imper et je suis reparti. Y avait partout des vaches crevées. Je suis resté un moment contre une haie parce qu'il y avait deux Boches couchés derrière, mais j'ai compris qu'ils étaient tués…*

Genre de confession cent fois, mille fois entendue. Un pauvre type qui avait cherché à sauver sa peau, qui avait marché toute une journée, se couchant à chaque avion qui passait, silhouette d'épouvantail.

Il avait expliqué qu'il s'était caché pendant deux jours, sur une ligne de front imprécise. Il ne savait pas encore ce qu'il devait faire. S'il était rattrapé par l'avance américaine, il aurait toujours la ressource de dire qu'il était prisonnier évadé… Mais la perspective de remettre ça chez les condamnés à mort ne l'emballait pas.

Il ne se souvenait ni des hameaux, ni des fermes, encore moins des villages qu'il évitait. Mais plus il avançait dans les terres, plus les ravages étaient intenses. Le formidable bombardement qu'il avait vu à l'aube, au moment d'embarquer dans le craft d'assaut, avait bien épargné le béton des blockhaus, mais il avait anéanti des agglomérations entières.

Sur des kilomètres, la terre n'appartenait à personne. Sa connaissance du français était encore bien faible. Il essayait de dire qu'il était prisonnier évadé. Et c'est dans une ferme qu'on avait cru comprendre qu'il était aviateur américain descendu en flammes…

HUTCHINS — … *J'ai dit oui pour être tranquille. Alors ils sont devenus drôles, ils se sont tous arrêtés de parler, et ils me regardaient comme une sale bête. La bonne femme m'a montré la pièce où ils avaient leurs morts. Elle m'a demandé si c'était nécessaire de tuer les civils. Elle m'a dit que toutes les villes de Normandie étaient anéanties… On entendait que ça cognait vers la côte. Elle m'a dit que l'armée américaine en bavait peut-être, mais que ça lui apprendrait à faire la guerre. Parce que, ce qu'ils avaient fait là, massacrer les civils, c'était pas la guerre. Et elle a été chercher quelqu'un. Moi, je pensais qu'ils étaient collaborateurs et qu'ils allaient trouver les Boches. Mais c'est un gars de la Résistance qui est venu…*

Mason appuya à nouveau pour accélérer la course. L'aventure d'Hutchins n'avait en soi plus guère d'importance. Ça faisait du bien au gars de la raconter, c'est tout… Et ça tuait, ça liquéfiait sa femme comme si elle était tombée dans un tonneau de vitriol !

C'était bien ça, le pénible. Personne n'osait bouger. On sentait l'Horreur s'installer dans la pièce. L'institutrice à l'épaule pointue prenait un visage de gorgone avec les yeux noirs enfoncés, le squelette marqué et la bouche tordue.

Et puis d'un coup le soleil était entré ; c'était Claudine.

MASON — *Oui, entrez, Claudine ! Mais non, vous ne dérangez pas !*

CLAUDINE — *Je voudrais tout de même récupérer mon homme. Qu'est-ce qui se passe ?*

NORAH — *On vous le rend, ma Claudine. Ces messieurs sont en train de se raconter leur guerre, alors, vous savez... Venez, nous allons monter là-haut, en attendant.*

CLAUDINE — *Oui, Steve m'a dit que c'est un copain.*

Quoi qu'on fasse, la petite était déjà au courant. Alors on avait trouvé plus raisonnable de sortir les liqueurs et les cigarettes, et de faire pour Claudine le résumé des chapitres précédents...

On avait fait les présentations. Après tout, l'univers du cimetière était étroit et, à part les concerts spirituels et les visites guindées aux collègues de Saint-James, près d'Avranches, la vie des Mason n'était pas bien drôle. Il était normal qu'ils prennent goût à un événement.

Claudine était ravissante comme une jeune mariée. Norah la regardait avec fierté, un peu comme une patronne d'agence matrimoniale qui a réussi une belle entrevue. La petite avait du cœur, c'était certain. Steve aussi. Alors la différence d'âge, de nationalité, et même l'existence dans une nécropole devenaient simples détails.

Claudine avait un peu tiqué devant la petite femme blanche et maigre, muette comme un poteau de torture. Comment ce sac d'os pouvait bien coller avec le beau mâle, copain de Steve ?... Le même âge que Steve ! Mais alors le « vieux » n'était pas si vieux que ça !

Elle s'était assise en petite fille bien sage sur le bord d'une chaise et regardait en coin le héros de la soirée qui continuait à libérer sa cheminée, souvenir après souvenir, de toute la suie qui la bouchait depuis vingt ans. Un fameux ramonage !

C'est la petite qui, tout d'un coup, avait découvert avec candeur :

CLAUDINE — *Mais dis donc, Steve, si je comprends bien, c'est ton copain qui devrait avoir tes médailles ! Il a été encore plus loin que toi !*

MASON — *Dans un sens, Claudine n'a pas tort. On pourrait même supposer que la présence d'Hutchins a incité les Allemands à se replier. Il a été fait prisonnier et il s'est évadé. En somme, l'affaire se présente fameusement bien ! N'est-ce pas, Hutchins ?*

HUTCHINS — *Racontée comme ça, oui.*

MASON — *Et pourquoi pas comme ça, mon vieux ? C'est ce que vous avez fait, oui ? Vous leur avez dit qu'il y avait beaucoup de Panzers. En somme, vous les avez démoralisés à vous seul, et ils sont partis ? Supposez que vous racontiez ça à un correspondant de guerre ; vous voilà héros national, mon vieux ! Vous ne croyez pas, madame Hutch..., pardon, madame Delouis ?*

JANINE — *Je vous en prie !*

MASON — *Mais si ! Mais nom de Dieu, Hutchins, ça tenait à un fil, ce matin-là, à Omaha Beach. Il s'en est fallu d'un rien qu'on déroute les renforts et qu'on laisse tomber ! C'est peut-être vous qui avez fait la décision !*

REILLY — *Comprends décision ! C'est bon ! Faudra pâler décision dans dossier !*

JANINE — *Arrêtez de vous moquer. Il n'y aura pas de dossier. Je vous en prie !...*

Et oui ! Tout le monde s'était réjoui. On voulait passer l'éponge sur ce qui, au bout de vingt ans, devenait peccadille. Mais pas la petite femme qui, depuis autant de temps, payait pour sauver « son » homme, « son » déserteur, tout comme les gens charitables ont « leurs » pauvres auxquels personne ne doit toucher.

L'Horreur, mais oui, c'était ça : la grande vertu de cette petite femme si profondément méritante !

Mason laissa tourner et, presque aussitôt il rattrapa sur la bande ce que la confession avait en partie effacé : une improvisation flûte et piano, un thème de jazz intellectuel, raffiné, qui sentait la pluie sur le grand cimetière, la ponctuation lancinante des croix ou des étoiles sur le gazon noyé, et la brume qui bouclait tout sur le plateau et qui les avait enfermés ce jour-là, les Mason, dans un épouvantable univers d'ordre et de beauté : l'Éternité.

Alors il sortit du sous-sol, repoussa la porte capitonnée et monta les trois marches.

Et dans le silence de la nuit il entendit hurler les deux gros chiens du vallon de Colleville, deux énormes bêtes sauvages de la ferme : qu'il connaissait bien.

Ils n'aboyaient pas après le passant sur ce chemin perdu qui conduisait à la mer ; ils hurlaient à la mort.

Mason sentit une douleur sourde dans son côté blessé. À la lueur d'incendie extraordinaire et lourde qui découpait des ombres rouges dans la nuit pleine, il comprit que la lune se levait. Alors il monta et ne fut pas surpris de trouver Norah en haut du perron, fascinée par l'astre cramoisi posé sur le portique du Mémorial.

Cela arrivait quelquefois dans l'année : la lune de la folie qui se levait vers minuit, difforme et monstrueusement agrandie. Dans une heure ou deux elle tiendrait sa place ordinaire au-dessus du cimetière ; mais ces nuits-là où les chiens hurlaient c'était comme une fin du monde, comme si l'Astre qu'on avait vu la veille à sa distance habituelle était en train de tomber sur la Terre.

Il existe un arcane du jeu de tarots montrant deux loups hurlant à la lune d'où tombent des gouttes de sang, entre deux grosses tours qui marquent les bornes de la connaissance, tandis qu'une écrevisse plonge au plus profond d'un bassin. C'est « La Lune », mais ça représente la Peur, et c'est vieux comme le monde… Alors, l'homme se souvient qu'il doit mourir.

Le couple, main dans la main, resta un long moment envoûté par l'astre maléfique qui, lentement, se détachait du portique pour commencer sa course, rapetissant progressivement de plus en plus lumineux et argenté, bientôt quelconque et familier, et même rassurant pour les deux bêtes du vallon qui cessèrent de hurler à la mort.

XIII

Le rayon de lune s'avançait lentement dans la pièce. Quand il arriva vers le visage diaphane et osseux de sa femme, Hutchins eut l'impression d'être couché près d'un cadavre.

Les lèvres étaient entrouvertes sur les dents artificielles et frémissaient dans le sommeil comme si elle allait parler.

Dehors on entendait le froissement de la vigne vierge agitée par un souffle de vent.

Hutchins comprit qu'il n'allait pas dormir de la nuit. Il connaissait jusqu'à la nausée cette horreur de l'insomnie aux côtés de la petite femme maigre qui pionçait goulûment comme une paysanne avec des raclements de gorge et des effrois subits qui précipitaient sa respiration comme dans le coït.

Alors, à Souppes-sur-Loing pour ne pas sombrer dans le dégoût de vie ratée, il se levait sans bruit et descendait à la cuisine pour se faire un casse-croûte au fromage.

Le lit de secours des Reilly était plus étroit que le lit conjugal de Souppes et, volontairement,

Hutchins se tenait à l'extrême bord. Au bout d'un moment la perspective d'avoir à passer ainsi la nuit, les yeux grands ouverts, lui fut intolérable. Mais il n'avait pas même de robe de chambre. Il n'était pas question d'aller se balader dans le cimetière, ni même de descendre à la cuisine pour se tartiner du fromage.

Il essaya de penser aux enfants. Que diraient-ils, d'avoir un père déserteur ? À vrai dire, seule l'opinion du grand Alain l'intéressait, parce qu'il était un peu son portrait, grand gars indifférent et ennuyé aux mains puissantes, qui subissait finalement la tyrannie des deux autres avortons pointus, infatigables et en adoration perpétuelle devant leur père.

Comment cela se passerait-il à l'état civil ? Le mariage serait probablement annulé, il faudrait donc se remarier sous le nom d'Hutchins, légitimer les enfants sous le nom nouveau… Quelle nationalité auraient-ils ?

Et voilà ! Ce dont il avait profondément envie, c'était de retourner en Amérique, revoir la Delaware, retrouver du travail à Millville ou Atlantic City, revoir les lieux de sa jeunesse qui se transformaient sans lui, à cinq mille kilomètres de là.

Envie d'emmener Alain avec lui. Mais « ça », ce qui dormait à côté de lui, il s'avouait qu'il n'en voulait plus ! Il s'en méprisait, d'ailleurs, mais il n'y pouvait rien.

Il entendit soudain un frôlement furtif dans le couloir, puis le craquement léger des marches de l'escalier... C'était Steve qui descendait, ou bien Claudine.

Il se leva, enfila silencieusement son pantalon et le chandail prêté par le copain, prit son veston et ses chaussures et descendit à son tour le petit escalier vers la lumière qui venait de la cuisine.

Il aurait presque préféré voir le copain Steve, mais c'était Claudine qui était là, en peignoir rouge, les cheveux fous rabattus sur la figure, les bras croisés sur la poitrine, les yeux gonflés d'avoir pleuré. Elle était adossée au réfrigérateur dans une espèce de désespoir morne. Elle leva la tête et constata simplement :

— Tiens, vous ne dormez pas non plus ?

— Ça m'arrive, dit Hutchins.

Et comme cette gamine lui plaisait, il demanda :

— Vous avez pleuré ?

Elle eut un geste vague, puis mécaniquement elle ouvrit réfrigérateur et placard :

— Rien à vous offrir. Je suis une drôle de maîtresse de maison... J'aurais mieux fait de ne pas revenir.

Elle en avait gros sur le cœur, prête à pleurer de nouveau.

— Steve n'a pas été gentil ?

— Oh ! c'est pas ça ! dit-elle. Il est ce qu'il est, ça ne changera jamais.

— Il dort ?

— Ça ! Il dort bien, il mange bien, il grossit bien... Si, il a été gentil. Gentil comme un gros lapin, il fait ça, il se couche et il roupille. Non, je n'aurais pas dû revenir. C'est les autres qui m'ont eue au baratin... Que j'étais si gentille, que j'avais si bon cœur ! Et ici, je crève !

La fenêtre de la cuisine était entrouverte ; on entendit le ululement d'une chouette dans la nuit.

— Tiens ! fit-elle avec rancœur. Bien sûr, même à Bayeux il y a aussi des chouettes. Mais ici, je ne peux plus le supporter ! Regardez donc !

Elle releva la manche de son peignoir ; elle avait effectivement la chair de poule.

Machinalement il lui prit le bras en pensant : « Petite pute ! », parce qu'il avait envie d'elle, toute fraîche et vivante. Elle le comprit à son regard, se dégagea aussitôt, choquée.

— Oh ! c'est pas ça ! Je ne suis pas en retard de ça !

Mais elle se mit à pleurer, dignement.

— Maintenant Steve veut me faire un enfant pour tout arranger ! Et puis on aura Mme Coulibœuf trois fois la semaine. Et en prime, comme paradis, il a combiné d'acheter une boutique de fleuriste à Topeka ! Vous connaissez Topeka ?

— Non.

— Vous ne ratez rien ; c'est d'un toquard ! Se refarcir les bonnes femmes des anciens combattants, non ! Non, j'irai pas ! Des gros ploucs qui ne savent seulement pas manger ; ils se goinfrent ! Qui ne savent même pas s'amuser. C'est tout de suite la chienlit qui tient la rue, avec les cuisses à l'air et les képis de carton.

— Vous êtes sévère.

— Et eux, donc ! Pas sévères pour nous. Ils nous méprisent. Qu'à les entendre on croirait que chez nous c'est un peuple de marmitons mariés à des bonnes à tout faire !... Et qui ne savent même pas boire non plus ! Savez-vous ce qu'ils disent, les anciens combattants, quand ils en ont un coup dans le nez ? Ils disent que les Normandes sont des femmes malpropres ! Non, j'irai pas ! Non !

— Allons, dit Hutchins, Steve ne va pas vous obliger. Vous n'avez qu'à lui dire.

Elle prit un air penaud, accablé.

— Justement... Ça y est !

— Ça y est, quoi ?

— Eh bien, on n'a pas pris les précautions... Et puis il avait tellement l'air de tenir à moi... Ça flatte. J'ai dit oui pour lui faire plaisir... Pauvre vieux, il va passer une bonne nuit. Mais, moi, je ne peux pas dormir !

Hutchins s'approcha de la fenêtre entrouverte. Par-dessus la haie vive on apercevait les alignements glacés des croix sous la lune.

De ce côté, on ne voyait pas le Mémorial, mais le fond du cimetière avec la chapelle cylindrique à colonnes, mi-silo, mi-temple d'amour. Et derrière la chapelle qui paraissait déjà si lointaine, les croix continuaient encore jusqu'à se perdre à l'infini... Et dans ces croix : la sienne.

Hutchins pensait lentement, souvent en retard d'une ou deux répliques. Il éprouvait de la sympathie pour la petite bonne femme, mais ce qu'elle avait dit de son pays lui déplaisait.

— Faut pas juger l'Amérique sur les dames de Topeka.

— Bien sûr, dit-elle, c'est votre pays. Excusez-moi.

Toute jeunette, nature et gentille. De nouveau il eut envie d'elle. Il dit simplement :

— Oh ! y a pas de mal.

Il se sentait d'autant plus attiré qu'elle n'y mettait aucune coquetterie. Envie de la prendre !... Bon Dieu ! L'impression de n'avoir pas tenu une femme dans ses bras depuis vingt ans !

Il avait un peu repoussé la fenêtre et regardait dehors. Il se sentait devenir blême, comme un affamé qui s'est nourri d'insectes maigres et voit soudain un bifteck tendre et bien à point.

— Qu'est-ce que vous dites de la vue ? demanda-t-elle. Vous trouvez que c'est gai ?

— C'est beau, dit-il gravement.

Elle s'approcha, regarda avec lui.

— Y a des nuits, on croirait des milliers de petits bonshommes blancs qui vous tendent les bras. Comment c'est déjà, votre nom ?

— Hutchins.

Elle le frôla sans le faire exprès, se dégagea aussitôt... Était-elle attirée aussi ? Il y eut un silence lourd.

— C'est pas drôle d'être mort, dit-elle enfin.

— Non ! fit-il avec profondeur.

Et malgré lui sa main se leva, il la prit à la nuque. Elle eut comme un spasme, puis le laissa faire.

Alors il lui fit une bise timide sur le sourcil, puis la serra dans ses bras, sans plus. C'était presque copain, deux êtres prédestinés qui se retrouvaient après des siècles de solitude.

Elle avait mis ses mains sur les siennes. Ils ne se regardaient pas, tendus vers les croix sous la lune.

— Ce que c'est con, d'être mal marié ! dit-elle.

Il secoua la tête avec gravité.

— Oh ! oui !

Et c'était comme s'ils s'étaient connus depuis toujours.

— C'est vrai que vous avez le même âge que Steve ?

— Exact.

— C'est un bon type, dit-elle avec conviction. Peut-être que ça ira mieux si j'ai un enfant. Qu'est-ce que vous en pensez ?

— Moi, j'en ai trois, dit-il. Ça fait la raison… Comment vous dites en français ?

— On se fait une raison… C'est pas marrant, conclut-elle.

Il grogna, presque indistinct :

— J'ai envie de vous.

— Je sais bien, dit-elle sans lui lâcher les mains. Mais ça serait plutôt moche, non ?

Bien sûr, se taper la femme du copain sur un coin d'évier, ça menait plutôt à la dépression. Il lui fit une bise sur les cheveux et s'éloigna de la fenêtre.

— Tiens, je m'en vais me baigner, ça me changera les idées.

— La mer doit être basse, fit-elle. Les premiers temps avec Steve on y allait aussi, après la fermeture. L'eau est froide et des fois il y a des méduses, mais j'aime bien nager, la nuit.

— Je vous emmène ?

— Non. On sait ce que ça veut dire.

— Dommage, dit-il. Allez, je vous fous la paix. Parole ! Comme ça, vous venez ?

— Non, fit-elle moins fermement. Si quelqu'un se réveille, vous voyez le tableau ?

— Qu'est-ce qu'on fait de mal ?

— Rien, convint-elle. Je vous accompagne jusqu'au chemin qui descend à la plage, mais je ne vais pas me baigner.

Elle prit un petit tricot de laine qu'elle se jeta simplement sur les épaules. Elle alluma l'entrée, éteignit la cuisine. Puis à la réflexion elle ralluma, pour se garder un repère dans la nuit.

Près de la porte d'entrée il y avait la tablette d'acajou, avec la flamme aux couleurs des U.S., soigneusement pliée, dont les étoiles argentées brillaient sur fond bleu.

Hutchins la contempla ; pas tellement fayotin, mais ça lui remuait la fibre. Claudine suivit son regard.

— Steve y croit ! dit-elle. C'est la moitié de sa vie.

Elle entrouvrit le tiroir où d'une sacoche de cuir lustré dépassait la crosse d'un Smith et Wesson 38 à dragonne blanche de gala, indispensable accessoire des prises d'armes.

— Cadeau personnel du général de la première division… Ça sert à tuer les corbeaux.

Du gravier à teinte glacée sous la lune montait pourtant la tiédeur d'une nuit de juin et le parfum sucré des roses se mêlait à l'odeur âcre et lourde de terre meuble. Sans se concerter, pour ne pas faire de bruit ils marchèrent sur le gazon humide, puis le Grand Cimetière ouvrit devant eux ses allées royales.

Hutchins eut une impression reposante, comme s'il entrait dans un grand parc familier dont il avait souvent rêvé. Il était chez lui, il n'avait pas une ombre de peur devant tous les alignements à l'infini des milliers de copains.

— Tiens, ça y est ! fit brusquement la petite en s'accrochant à son bras.

— Quoi ?

— Les petits bonshommes blancs qui tendent les bras.

C'était presque vrai. Ils avaient atteint sans doute un certain angle par rapport à la lune et le reflet semblable sur chacune des croix les faisaient ressembler par groupes entiers à des petits bonshommes blancs, un peu gauchis, avec un bras pointé et l'autre légèrement effacé… Il fallait penser aux « bonshommes » pour les voir, mais quand on y pensait, ils étaient bien là, petits pantins blancs à la tête rejetée en arrière.

Il n'y avait qu'à faire un pas ou deux, et ils redevenaient simples croix blanches sous la lune, mais alors d'autres alignements devenaient bonshommes blancs, goguenards, ayant l'air d'appeler doucement : psstt ! Là-bas !

Claudine n'avait pas positivement peur ; plutôt écœurée du lieu.

— Non mais, vous me voyez enceinte, dans cette horreur-là ? Qu'est-ce que ça donnerait !

Hutchins eut une envie de se voir, lui. Qu'est-ce qu'il pouvait donc donner, lui-croix, transformé en petit bonhomme blanc sous la lune ?

Il prit le bras de la fille, puis tout naturellement sa taille ; en amoureux. C'était chaste. Besoin de rien dire. Le clair de lune projetait le grand Agénor de bronze en ombre torturée aux bords bleutés… On entendait le ressac comme un grondement ininterrompu et assourdi.

En contrebas derrière eux il y avait le mur des Disparus. Un millier de noms. Plus d'un mort sur dix qui n'avait jamais pu être retrouvé. Pas même un tibia de trop dans la comptabilité des ossuaires. Rien que putréfaction hâtivement recouverte de chaux vive par les sanitaires masqués dans la puanteur… Et cela donnait en langage noble gravé au fronton : *À nos frères d'armes dont la dernière demeure n'est connue que de Dieu ; ceci est leur monument, la Terre entière est leur sépulture.*

Il aurait pu aussi bien être porté disparu, avoir portion congrue, juste la place d'un nom gravé sur un mur… Mais non, Hutchins avait sa croix, sa place au clair de lune ! Sans doute avait-on intéressé les indigènes à la recherche des cadavres, en juin 44 ; tout comme on donne une prime par tête de rat ?

Le grand miroir d'eau reflétait la lueur de lune en paillettes. Tout devenait calme et grandiose dans la lumière surnaturelle, sous les phrases du Portique, creuses comme des sermons de pasteur : « Pour nous souvenir éternellement de faire vivre la noble cause pour laquelle ils sont morts. »

Hutchins se sentait intimidé, survivant malencontreux, indécent.

Au bord du plateau une table d'ardoise gravée dominait la plage. Puis le sentier bitumé descendait en lacets, soigneusement entretenu avec des caniveaux cimentés et des dallots qui franchissaient les sources.

Ils se tenaient maintenant par la main, gagnés par la fraîcheur entre les bordures de sureaux, de cornouillers et de grandes fougères sauvages.

— Vous n'aviez donc personne, en Amérique ?

— Personne qui s'intéressait à moi. Peut-être un peu pour ça que j'ai déserté. La guerre pour personne. Connaissais une fille de votre âge. Si la guerre n'avait duré que le temps des vacances, ça aurait peut-être gazé. Je n'ai connu que des putes, partout les mêmes : Algérie, Italie, Angleterre... Fric, cigarettes ! Raque, corniaud de G.I. ! Amène tes dollars ! *Sugar, please, corned-beef !*

La petite n'embrayait pas. Ce qui s'était passé à vingt ans de là ne l'intéressait pas... « Oublier l'âge du gars. Qu'est-ce qui m'arrive ? »

Lorsqu'ils touchèrent le sable, elle retira ses sandalettes.

— On nous verrait comme ça, qu'est-ce qu'on penserait… ?

Un petit souffle glacé filait dans le coulot entre les dunes. Et, au-delà, c'était l'immensité de la plage sous la lune, avec le rouleau écumant des vagues à une centaine de mètres, dans son bruit sourd et continu.

C'était lumineux, mais sans couleur, reflet d'un reflet.

Loin vers l'est, un phare pointait à intervalles réguliers, tandis que vers le Cotentin un faisceau sous l'horizon liquide donnait un pâle ressaut toutes les dix secondes à la phosphorescence glacée.

Seuls signes de vie. Tout le reste plongé dans l'éternité, le ciel étoilé couronné de nuages, les contrastes d'encre et d'argent dans la moindre des mares, le sable humide qui tirait les pieds nus… C'était comme une ère géologique en miniature, une portion de terre donnée pour quelques heures entre deux marées… Et dans ces milliards en étendues de la mer, il y en avait eu des milliards de respirations mornes, sous le soleil, sous la lune ou sous un crachin triste, sans personne sur Terre, et grand-papa Poisson aux écailles imbriquées se risquant un beau soir sur le sable à marée descendante pour apprendre à respirer… Et dans ces milliasses et milliasses de marées, une toute petite d'entre elles avait vu sur huit kilomètres de plage l'un des plus fameux massacres de l'histoire de l'humanité... Et maintenant cette nuit-là, cette plage-là, cette marée-là, leur appartenaient à tous les deux, seuls dans ce monde et pas même amants.

Une petite brise fraîche venait de la mer, frisant l'eau des mares et la peau de la jeune femme.

— Vous n'allez quand même pas sérieusement vous mettre au jus ?

— Pourquoi pas ? dit Hutchins.

Il rit, lui tapota la joue et la tutoya, copain.

— T'es marrante.

— Qu'est-ce qu'il y a de drôle ?

— Rien !... L'avant-dernière fois que je me suis baigné ici, on n'avait pas prévu la brigade des serviettes éponges.

Ils approchaient des vagues. Hutchins plia soigneusement son veston et le posa sur ses chaussures ; puis il commença à retirer le chandail.

— Brr ! fit la petite. Vous me glacez les os !

Il était déjà torse nu, luisant sous la lune. Pas un pouce de graisse, la taille bien marquée, il avait l'air très jeune, presque un gamin. Et son sourire même était celui d'un adolescent.

— Je m'appelle Hutchins ! cria-t-il avec une espèce d'enthousiasme. J'ai vingt ans de moins ! Ça s'arrose ! Allez, Claudine, viens au jus !

Il fit tomber le pantalon. Nu. Il était nu, sexe à l'air. Et c'était chouette, ça répondait exactement à l'instant et au lieu. Un grand enfant dans un monde tout neuf.

— Grand cinglé, fit-elle gentiment, vous allez prendre du mal.

Bras écartés comme pour faire balancier, fesses nues qui repondaient aux omoplates musclées, il courait vers la mer comme on court au plaisir.

— Attendez ! cria-t-elle.

Elle jeta le peignoir rouge, retroussa la chemise de nuit par-dessus la tête. Quand il se retourna, faisant jaillir l'eau à grandes foulées, elle courait vers lui comme une forme blanche au pubis sombre et aux petits seins ballottés.

— Hello !

Il se jeta tête baissée dans la vague. L'eau noire était presque plus chaude que l'ambiance de la plage sous la lune ; elle redevenait le bon vieux liquide nourricier d'avant la plus lointaine des préhistoires ; elle portait, piquait, aveuglait, suffoquait, communion avec le fond des âges.

Hutchins nageait bien, mais la petite aussi. Elle le suivit sans appréhension vers le large, et de temps en temps ils s'interpellaient en phrases idiotes, lancées comme des serpentins.

— Elle est bonne !

— Du tonnerre !

Hutchins allait souvent s'entraîner dans l'eau du Loing. Il avait un fond terrible, capable de nager quatre heures sans fatigue, mais la petite avait plus de style que lui, le rattrapait facilement et lui glissait sous le nez, petites fesses musclées et ondoyantes.

Il y avait une houle très légère, juste ce qu'il fallait pour être seul au monde dans les creux. Il entendit qu'elle l'appelait.

— Eho !... Hé ! Fantôme !

Il la rejoignit.

— Comment m'appelez-vous ?

— Je ne sais plus votre nom.

— Djôdj Hutchins.

— À vos souhaits !

Par amusement elle fit le bruit du phoque en soufflant dans l'eau, puis elle constata :

— On est drôlement bien !

— Jamais aussi heureux depuis vingt ans ! cria le gars avant de plonger dans l'eau comme un marsouin.

Ils s'amusèrent un moment sur le dos à faire des battements de pieds qui soulevaient des gerbes d'écume. Ils étaient nus et n'évitaient rien. Envie de se toucher, pareils à des enfants ; mais dans l'eau noire et froide ça transposait en claques, en crachements de jets salés, en petits cris de la fille… Douze ans d'âge, la tête fraîche et le cœur pur, par huit degrés centigrades.

Le cercle de glace serrait les membres, il fallait le faire lâcher à coups de sang chaud et de respirations haletées.

— Tu connais Atlantic City ?

— Sais pas ! On s'est pointés à New York et Washington, avec Steve. C'est mieux que Topeka !

— Connais pas.

— J'ai les cheveux trempés… Bouh, j'ai froid ! Je rentre ? Pas toi ?

Il lui prit une main et ils nagèrent ensemble vers la plage, en battements des jambes, tournés l'un vers l'autre.

— Jaloux, Steve ?

— Sais pas si ça lui plairait, ce qu'on fait là ! Il est un peu boutonné, tu sais !

— T'es belle gosse !

— Tiens donc !... T'es pas trop mal conservé, pour un fantôme. Djôdj Atchoum.

— Hutchins.

— Monsieur Djôdj Hutchins, s'appliqua-t-elle. T'es décidé à reprendre ton nom de mort ?

— Tout à fait !

Il voulut la tirer vers lui. Alors elle se dégagea, mais sans s'éloigner, nageant toujours vers la terre.

— Elle est gentille, ta femme. Elle t'aime bien.

Il ne dit rien. Brusquement, il se retrouvait dix-neuf ans en arrière, dans une aube glacée, luttant pour flotter dans ses vêtements alourdis, tandis que les casemates lui tiraient dessus… Conscience d'être chair à canon…

Ils touchaient le sable. Ils se relevèrent ensemble, nus et grelottants, se reprenant la main.

— Quand même bien fait de me tirer, balbutia-t-il, lèvres crispées. Suis pas un lâche !

— Qu'est-ce que tu dis ?

Il comprit qu'elle était bonne fille mais qu'elle s'en foutait, que ce n'était pas son problème.

Le courant les avait portés un peu vers Colleville. Il leur fallut courir sur le sable en agitant les bras pour se réchauffer dans l'aigreur du vent de mer.

Le premier coup de feu les cloua, incrédules.

— Ben, quoi...

Arrêtés l'un près de l'autre, ils n'osaient pas encore donner de nom à ce qui arrivait, mais prenaient brusquement honte de leur nudité.

Le second coup claqua devant eux. Georges vit la flamme dans l'ombre, comme si le tireur était accroupi contre la levée de sable et de galets des marées d'équinoxe.

La balle leur siffla méchamment aux oreilles. Cette fois, il n'y avait aucun doute.

— Oooh ! cria la petite pas encore apeurée, plutôt scandalisée. Oh ! Steve ! On n'a pas fait de mal !

Hutchins avait lutté un moment contre le réflexe de se jeter à plat ventre. Il s'avança vers le tireur invisible, avec un grand geste apaisant de la main.

— Hé ! vieux ! Hé ! Hé là !

C'était la petite qui avait prononcé le nom de Steve, il le crut un moment.

Mais soudain l'horreur le gagna, vint éclater sur sa peau dans une terreur sans nom... Il voyait maintenant la petite forme blanche, un peu gauchie, le bras droit tendu, l'autre effacé, tête relevée sous la lune, comme si *une* croix blanche avait quitté son alignement pour descendre sur la plage.

Il vit à nouveau la flamme, droit pointée sur lui, mais n'entendit pas la balle. Il avançait toujours, farouche. Un seul objectif : détruire cette horreur !

Il eut une foulée plus longue et commença à courir, ses grosses pattes en avant. Et brusquement il comprit, mais il était trop tard... La flamme éclata dans un coup de tonnerre, à quelques mètres.

Il ressentit le choc au crâne dans une explosion de lumière. La tête sauta comme sous un coup de fouet et, mort, il fit encore un pas avant de s'affaisser lentement sur le sable.

La petite forme accroupie se déplia alors.

C'était Janine, dans sa veste à col de lapin, avec son visage de fouine torturée, tout crayeux sous la lune. Elle tenait sur son ventre le Smith et Wesson 38 à dragonne de gala.

Elle s'approcha du corps nu, le contempla un moment avec un sourire apaisé, comme celui qu'elle avait eu chez Mason, en prononçant sans haine, plutôt avec pitié :

— Salaud !

Glacée d'horreur et de honte, Claudine ramassa son peignoir rouge. Et comme l'autre ne bougeait plus elle avança timidement, claquant des dents.

— On n'a rien fait, madame.

Janine haussa les épaules, sans même la regarder.

— Oh ! vous, je m'en fiche !

Elle ne la vit pas partir, ni n'entendit les pieds nus qui claquaient précipitamment sur le bitume, remontant au cimetière.

Du mort nu coulaient des rigoles d'eau se perdant dans le sable. Ça n'avait plus aucun rapport avec

Georges vivant, c'était un étranger indécent et grotesque.

Janine avança vers la mer qui montait lentement. Elle jeta le revolver dans la vague aux éclairs argentés. L'espèce de mugissement continuel avait un effet reposant. Elle se mit à marcher près du flot qui montait et lui mouillait les pieds.

Elle trouva le petit paquet de vêtements un peu plus loin ; le veston plié, le pantalon peigné feuille morte qu'elle avait soigneusement repassé à la patte-mouille, dans la soirée.

Et là, mieux que devant le corps, elle se sentit veuve malheureuse et se mit à pleurer.

Puis, ménagère soigneuse, elle prit le paquet de vêtements comme si c'était la seule chose importante à sauver de la marée montante.

Le corps d'Hutchins ne l'intéressait plus. Mais le complet veston de Georges Delouis, de son homme, qu'elle avait fait naître et qu'elle avait porté depuis bientôt vingt ans comme un enfant, c'était autre chose !

Cœur gonflé, elle eut un sanglot silencieux, enfouissant son visage dans le peigné feuille morte.

— Mon pauvre petit…

Mais elle ne regrettait rien. Elle avait rendu un mort à sa mort, et l'homme qu'elle pleurait lui appartenait à elle seule, et totalement ; père exemplaire, bon travailleur et bon époux, qu'elle avait acheté de son argent et de ses peines et qu'elle aimait, c'était certain, comme jamais petite femme déjetée et sans grâce avait jamais pu aimer un homme… Un homme d'honneur ; pas un déserteur fuyant ses responsabilités.

— Mes petits enfants, papa s'est noyé ; on a juste retrouvé ses vêtements…

C'était si simple ! Et on prendrait le deuil de Georges Delouis, et la vie continuerait, dans l'honneur.

Elle revint malgré elle près du corps immobile. Elle s'agenouilla, baisa l'épaule humide et sableuse, dans un mélange d'iode et d'odeur de sang.

Un instant, elle sentit en elle comme une poussée intérieure, une membrane qui allait craquer, derrière laquelle grouillait la folie hurlante qui sommeille en chacun.

Elle entendit les pas, le halètement. Elle se retourna et vit la silhouette de Mason, hors d'haleine. Alors elle lui dit, comme une irréfutable justification :

— J'ai trois enfants, monsieur.

— Quoi ? dit Mason. Où est l'arme ?

Elle fit un geste vers la mer.

Mason regarda l'homme étendu dans sa nudité, touché d'une seule balle à la racine du nez, petite tache à peine visible avec une coulée sombre. Pauvre bonhomme !... Désigné à dix-neuf ans de là pour être abattu au nom de la Noble Cause, il avait eu, en somme, dix-neuf ans de sursis. Tout rentrait dans l'ordre.

Il s'approcha de la petite femme. Son souffle de grand blessé avait du mal à se rétablir, il haletait toujours… Et dans sa tête c'était aussi comme un halètement de pensées informulables…

Maîtresse d'école !... On vivait un petit monde effroyable au niveau mental de la maîtresse d'école, un enfer de phrases creuses, où l'homme était devenu simple baudet écrasé sous le poids de responsabilités qui lui échappaient totalement… « Ils ont tout souffert jusqu'à donner leur vie… afin que l'Homme puisse jouir de la Liberté dans la Paix retrouvée. » Enfer de majuscules !

Il lui semblait qu'il devait crier par-dessus la tête de la petite musaraigne vertueuse et méritante. Plus qu'à la maîtresse d'école, il aurait fallu s'adresser au monde entier, à la Société qui n'était plus qu'un immense cimetière sous la lune.

Il contrôla son souffle.

— Qu'est-ce qui vous a pris ? Au moment… où il voulait combattre… et redevenir un homme… Vous aviez tellement… besoin d'un lâche… pour vivre ?

Alors elle le regarda, étonnée, choquée.

— Mais monsieur, il allait me quitter !

Il aurait voulu la gifler, mais il craignait la crise de nerfs. Ils étaient dans l'ombre du grand plateau. Mason leva les yeux vers cet immense cimetière dont il était administrateur et qui, sur les vieilles cartes, s'appelait lieu-dit Hamelet… *To be, or not to be !*

C'était un intellectuel, donc un futile. Il se contenta de cette image.

DU MÊME AUTEUR

Aux Éditions Gallimard

Sous le pseudonyme de Jean Amila :

Y'A PAS DE BON DIEU !, 1950. Traduction fictive attribuée à Jean Meckert. Collection Carré Noir (n° 36)

MOTUS !, 1953. Collection Carré Noir (n° 177)

LA BONNE TISANE, 1955. Collection Série Noire (n° 285)

SANS ATTENDRE GODOT, 1956. Collection Série Noire (n° 310)

LE DRAKKAR, 1959. Collection Série Noire (n° 490)

LES LOUPS DANS LA BERGERIE, 1959. Collection Série Noire (n° 473)

JUSQU'À PLUS SOIF, 1962. Collection Carré Noir (n° 369)

LANGES RADIEUX, 1963. Collection Carré Noir (n° 512)

LA LUNE D'OMAHA, 1964. Collection Série Noire (n° 839). Collection Folio policier (n° 309)

NOCES DE SOUFRE, 1964. Collection Folio policier (n° 47)

PITIÉ POUR LES RATS, 1964. Collection Série Noire (n° 832)

LES FOUS DE HONG-KONG, 1969. Collection Série Noire (n° 1312)

LE GRILLON ENRAGÉ, 1970. Collection Série Noire (n° 1334)

CONTEST-FLIC, 1972. Collection Carré Noir (n° 567)

LA NEF DES DINGUES, 1972. Collection Série Noire (n° 1468)

TERMINUS IÉNA, 1973. Collection Carré Noir (n° 571)

À QUI AI-JE L'HONNEUR... ?, 1974. Collection Carré Noir (n° 459)

LE PIGEON DU FAUBOURG, 1981. Collection Série Noire (n° 1844)

LE BOUCHER DES HURLUS, 1982. Collection Folio policier (n° 190)

LE CHIEN DE MONTARGIS, 1983. Collection Série Noire (n° 1930)

AU BALCON D'HIROSHIMA, 1985. Collection Série Noire (n° 2007)

Sous le nom de Jean Meckert :

LES COUPS, 1941. (Folio n° 3668)

L'HOMME AU MARTEAU, 1943

LA LUCARNE, 1945

NOUS AVONS LES MAINS ROUGES, 1947

LA VILLE DE PLOMB, 1949

NOUS SOMMES TOUS DES ASSASSINS, 1952. D'après le scénario original d'André Cayatte et Charles Spaak

JE SUIS UN MONSTRE, 1952

JUSTICE EST FAITE, 1954. D'après le scénario d'André Cayatte et Charles Spaak

LA TRAGÉDIE DE LURS, 1954

COLLECTION FOLIO POLICIER

Dernières parutions

113. James Ross — *Une poire pour la soif*
114. Joseph Bialot — *Le salon du prêt-à-saigner*
115. William Irish — *J'ai épousé une ombre*
116. John Le Carré — *L'appel du mort*
117. Horace McCoy — *On achève bien les chevaux*
118. Helen Simpson — *Heures fatales*
119. Thierry Jonquet — *Mémoire en cage*
120. John Sandford — *Froid aux yeux*
121. Jean-Patrick Manchette — *Que d'os !*
122. James M. Cain — *Le facteur sonne toujours deux fois*
123. Raymond Chandler — *Adieu, ma jolie*
124. Pascale Fonteneau — *La puissance du désordre*
125. Sylvie Granotier — *Courier posthume*
126. Yasmina Khadra — *Morituri*
127. Jean-Bernard Pouy — *Spinoza encule Hegel*
128. Patrick Raynal — *Nice 42e rue*
129. Jean-Jacques Reboux — *Le massacre des innocents*
130. Robin Cook — *Les mois d'avril sont meurtriers*
131. Didier Daeninckx — *Play-back*
132. John Le Carré — *L'espion qui venait du froid*
133. Pierre Magnan — *Les secrets de Laviolette*
134. Georges Simenon — *La Marie du port*
135. Bernhard Schlink/Walter Popp — *Brouillard sur Mannheim*
136. Donald Westlake — *Château en esbrouffe*
137. Hervé Jaouen — *Hôpital souterrain*
138. Raymond Chandler — *La dame du lac*
139. David Goodis — *L'allumette facile*
140. Georges Simenon — *Le testament Donadieu*
141. Charles Williams — *La mare aux diams*
142. Boileau-Narcejac — *La main passe*
143. Robert Littell — *Ombres rouges*
144. Ray Ring — *Arizona Kiss*

145. Gérard Delteil	*Balles de charité*
146. Robert L. Pike	*Tout le monde au bain*
147. Rolo Diez	*L'effet tequila*
148. Yasmina Khadra	*Double blanc*
149. Jean-Bernard Pouy	*À sec*
150. Jean-Jacques Reboux	*Poste mortem*
151. Pascale Fonteneau	*Confidences sur l'escalier*
152. Patrick Raynal	*La clef de Seize*
153. A.D.G.	*Pour venger pépère*
154. James Crumley	*Les serpents de la frontière*
155. Ian Rankin	*Le carnet noir*
156. Louis C. Thomas	*Une femme de trop*
157. Robert Littell	*Les enfants d'Abraham*
158. Georges Simenon	*Faubourg*
159. Georges Simenon	*Les trois crimes de mes amis*
160. Georges Simenon	*Le rapport du gendarme*
161. Stéphanie Benson	*Une chauve-souris dans le grenier*
162. Pierre Siniac	*Reflets changeants sur mare de sang*
163. Nick Tosches	*La religion des ratés*
164. Frédéric H. Fajardie	*Après la pluie*
165. Matti Yrjänä Joensuu	*Harjunpää et le fils du policier*
166. Yasmina Khadra	*L'automne des chimères*
167. Georges Simenon	*La Marie du Port*
168. Jean-Jacques Reboux	*Fondu au noir*
169. Dashiell Hammett	*Le sac de Couffignal*
170. Sébastien Japrisot	*Adieu l'ami*
171. A.D.G.	*Notre frère qui êtes odieux...*
172. William Hjortsberg	*Nevermore*
173. Gérard Delteil	*Riot gun*
174. Craig Holden	*Route pour l'enfer*
175. Nick Tosches	*Trinités*
176. Fédéric H. Fajardie	*Clause de style*
177. Alain Page	*Tchao pantin*
178. Harry Crews	*La foire aux serpents*
179. Stéphanie Benson	*Un singe sur le dos*
180. Lawrence Block	*Un danse aux abattoirs*
181. Georges Simenon	*Les sœurs Lacroix*
182. Georges Simenon	*Le Cheval Blanc*
183. Albert Simonin	*Touchez pas au grisbi !*
184. Jean-Bernard Pouy	*Suzanne et les ringards*

185. Pierre Siniac	*Les monte-en-l'air sont là !*
186. Robert Stone	*Les guerriers de l'enfer*
187. Sylvie Granotier	*Sueurs chaudes*
188. Boileau-Narcejac	*... Et mon tout est un homme*
189. A.D.G.	*On n'est pas des chiens*
190. Jean Amila	*Le Boucher des hurlus*
191. Robert Sims Reid	*Cupide*
192. Max Allan Collins	*La mort est sans remède*
193. Jean-Bernard Pouy	*Larchmütz 5632*
194. Jean-Claude Izzo	*Total Khéops*
195. Jean-Claude Izzo	*Chourmo*
196. Jean-Claude Izzo	*Solea*
197. Tom Topor	*L'orchestre des ombres*
198. Pierre Magnan	*Le tombeau d'Hélios*
199. Thierry Jonquet	*Le secret du rabbin*
200. Robert Littell	*Le fil rouge*
201. Georges Simenon	*L'aîné des Ferchaux*
202. Patrick Raynal	*Le marionnettiste*
203. Didier Daeninckx	*La repentie*
205. Charles Williams	*Le pigeon*
206. Francisco González Ledesma	*Les rues de Barcelone*
207. Boileau-Narcejac	*Les louves*
208. Charles Williams	*Aux urnes, les ploucs !*
209. Larry Brown	*Joe*
210. Pierre Pelot	*L'été en pente douce*
211. Georges Simenon	*Il pleut bergère...*
212. Thierry Jonquet	*Moloch*
213. Georges Simenon	*La mauvaise étoile*
214. Philip Lee Williams	*Coup de chaud*
215. Don Winslow	*Cirque à Piccadilly*
216. Boileau-Narcejac	*Manigances*
217. Oppel	*Piraña matador*
218. Yvonne Besson	*Meurtres à l'antique*
219. Michael Dibdin	*Derniers feux*
220. Norman Spinrad	*En direct*
221. Charles Williams	*Avec un élastique*
222. James Crumley	*Le canard siffleur mexicain*
223. Henry Farrell	*Une belle fille comme moi*
224. David Goodis	*Tirez sur le pianiste !*
225. William Irish	*La sirène du Mississippi*

226. William Irish	*La mariée était en noir*
227. José Giovanni	*Le trou*
228. Jérome Charyn	*Kermesse à Manhattan*
229. A.D.G.	*Les trois Badours*
230. Paul Clément	*Je tue à la campagne*
231. Pierre Magnan	*Le parme convient à Laviolette*
232. Max Allan Collins	*La course au sac*
233. Jerry Oster	*Affaires privées*
234. Jean-Bernard Pouy	*Nous avons brûlé une sainte*
235. Georges Simenon	*La veuve Couderc*
236. Peter Loughran	*Londres Express*
237. Ian Fleming	*Les diamants sont éternels*
238. Ian Fleming	*Moonraker*
239. Wilfrid Simon	*La passagère clandestine*
240. Edmond Naughton	*Oh ! collègue*
241. Chris Offutt	*Kentucky Straight*
242. Ed McBain	*Coup de chaleur*
243. Raymond Chandler	*Le jade du mandarin*
244. David Goodis	*Les pieds dans les nuages*
245. Chester Himes	*Couché dans le pain*
246. Elisabeth Stromme	*Gangraine*
247. Georges Simenon	*Chemin sans issue*
248. Paul Borelli	*L'ombre du chat*
249. Larry Brown	*Sale boulot*
250. Michel Crespy	*Chasseurs de tête*
251. Dashiell Hammett	*Papier tue-mouches*
252. Max Allan Collins	*Mirage de sang*
253. Thierry Chevillard	*The Bad leitmotiv*
254. Stéphanie Benson	*Le loup dans la lune bleue*
255. Jérome Charyn	*Zyeux-Bleus*
256. Jim Thompson	*Le lien conjugal*
257. Jean-Patrick Manchette	*ô dingos, ô châteaux !*
258. Jim Thompson	*Le démon dans ma peau*
259. Robert Sabbag	*Cocaïne blues*
260. Ian Rankin	*Causes mortelles*
261. Ed McBain	*Nid de poulets*
262. Chantal Pelletier	*Le chant du bouc*
263. Gérard Delteil	*La confiance règne*
264. François Barcelo	*Cadavres*
265. David Goodis	*Cauchemar*
266. John D. MacDonald	*Strip-tilt*

267. Patrick Raynal *Fenêtre sur femmes*
268. Jim Thompson *Des cliques et des cloaques*
269. Lawrence Block *Huit millions de façons de mourir*
270. Joseph Bialot *Babel-Ville*
271. Charles Williams *Celle qu'on montre du doigt*
272. Charles Williams *Mieux vaut courir*
273. Ed McBain *Branle-bas au 87*
274. Don Tracy *Neiges d'antan*
275. Michel Embareck *Dans la seringue*
276. Ian Rankin *Ainsi saigne-t-il*
277. Bill Pronzini *Le crime de John Faith*
278. Marc Behm *La Vierge de Glace*
279. James Eastwood *La femme à abattre*
280. Georg Klein *Libidissi*
281. William Irish *J'ai vu rouge*
282. David Goodis *Vendredi 13*
283. Chester Himes *Il pleut des coups durs*
284. Guillaume Nicloux *Zoocity*
285. Lakhdar Belaïd *Sérail killers*
286. Caryl Férey *Haka*
287. Thierry Jonquet *Le manoir des immortelles*
288. Georges Simenon *Oncle Charles s'est enfermé*
289. Georges Simenon *45° à l'ombre*
290. James M. Cain *Assurance sur la mort*
291. Nicholas Blincoe *Acid Queen*
292. Robin Cook *Comment vivent les morts*
293. Ian Rankin *L'ombre du tueur*
294. François Joly *Be-bop à Lola*
295. Patrick Raynal *Arrêt d'urgence*
296. Craig Smith *Dame qui pique*
297. Bernhard Schlink *Un hiver à Mannheim*
298. Francisco González Ledesma *Le dossier Barcelone*
299. Didier Daeninckx *12, rue Meckert*
300. Dashiell Hammett *Le grand braquage*
301. Dan Simmons *Vengeance*
302. Michel Steiner *Mainmorte*
303. Charles Williams *Une femme là-dessous*
304. Marvin Albert *Un démon au paradis*
305. Frederic Brown *La belle et la bête*
306. Charles Williams *Calme blanc*

Composition Nord Compo
Impression Novoprint
à Barcelone, le 30 septembre 2004
Dépôt légal: septembre 2004
1er dépôt légal dans la collection: août 2003
ISBN 2-07-030293-8. /Imprimé en Espagne.